講談社文庫

忖度

百万石の留守居役（十）

上田秀人

講談社

目次——忖度　百万石の留守居役（十）

金沢・江戸間の街道図

地図作成／ジェイ・マップ

〔留守居役《るすいやく》〕

主君の留守中に諸事を采配《さいはい》する役目。人脈をもつ世慣れた家臣がつとめることが多い。参勤交代が始まって以降は、幕府や他藩との交渉が主な役割に。外様《とざま》の藩にとっては、幕府の意向をいち早く察知し、外様潰《つぶ》しの施策から藩を守る役割が何より大切となる。

〔加賀《かが》藩士〕

藩主
前田《まえだ》綱紀《つなのり》

― 人持《ひとも》ち組頭《くみがしら》七家（元禄《げんろく》以降に加賀八家）
- 本多《ほんだ》安房《あわ》政長《まさなが》（五万石）筆頭家老
- 長《ちょう》　尚連《ひさつら》（三万三千石）国人出身
- 横山玄位《よこやまはるたか》（二万七千石）江戸家老
- 前田孝貞《たかさだ》（二万一千石）
- 奥村時成《おくむらときなり》（一万四千石）奥村本家
- 奥村庸礼《やすひろ》（一万二千四百五十石）奥村分家
- 前田備後《びんご》直作《なおなり》（一万二千石）

― 人持ち組 ― 平士
- 瀬能数馬《せのうかずま》（一千石）ほか

― 平士並《なみ》 ― 与力（お目見え以下） ― 御徒《おかち》など ― 足軽など

〔第十巻『忖度』――おもな登場人物〕

瀬《せ》能《のう》数馬《かずま》　祖父が元旗本の若き加賀《かが》藩士。城下で襲われた重臣前田《まえだ》直作《なおなり》を救い、筆頭家老本多《ほんだ》家の娘琴《こと》と婚約。若き江戸留守居役《るすいやく》として奮闘する。加賀に帰国中。

本多安房《あわ》政長《まさなが》　五万石の加賀藩筆頭宿老《しゅくろう》。家康《いえやす》の謀臣《ぼうしん》本多正信《まさのぶ》が先祖。「堂々たる隠密《おんみつ》」。

琴　本多政長の娘。出戻りだが、五万石の姫君。帰国した数馬と仮祝言《かりしゅうげん》を挙げる。

佐奈《さな》　琴の侍女。江戸の数馬の世話をする。本多家が抱える越後忍《えちごしのび》・軒猿《のきざる》の一人。

石動庫之介《いするぎくらのすけ》　瀬能家の家士。大太刀の遣《つか》い手《て》で、数馬の剣の稽古《けいこ》相手。介者《かいしゃ》剣術。

刑部一木《おさかべいちもく》　越後忍・軒猿を束ねる。

武田太郎《たけだたろう》　新武田二十四将を名乗る無頼の頭《かしら》・法玄《ほうげん》の息子。跡継ぎの座を狙う。

武田四郎《たけだしろう》　同じく法玄の息子。女忍・佐奈の実力を知り、つけ狙う。

近藤主計《こんどうかずえ》　加賀藩の支藩富山藩家老。高岡《たかおか》の瑞龍寺《ずいりゅうじ》にて加賀藩主前田綱紀《つなのり》を襲う。

村井《むらい》　加賀藩江戸家老次席。お国入りしている藩主綱紀の留守をあずかる。

結城外記《ゆうきげき》　越前《えちぜん》福井藩国家老次席。

津田修理亮《つだしゅりのすけ》　越前大野《おおの》藩主松平《まつだいら》若狭守直明《わかさのかみなおあきら》の国家老。

松平左近衛権少将《まつだいらさこんえのごんしょうしょう》綱昌《つなまさ》　越前福井藩主。外様第一の加賀藩を監視する役を帯びる。

前田綱紀　加賀藩五代当主。利家《としいえ》の再来との期待も高い。二代将軍秀忠《ひでただ》の曾孫《そうそん》。

堀田備中守正俊《ほったびっちゅうのかみまさとし》　老中。次期将軍として綱吉擁立《つなよしようりつ》に動き、一気に幕政の実権を握る。

徳川《とくがわ》綱吉　四代将軍家綱《いえつな》の弟。傍系ながら五代将軍の座につく。綱紀を敵視する。

忖度《そんたく》

百万石の留守居役（十）

第一章　藩主の不在

一

加賀《かが》藩江戸屋敷は、江戸城の北にある。敷地は十万坪、北隣に御三家水戸《みと》の中屋敷、東は前田《まえだ》家の分家大聖寺《だいしょうじ》藩、富山《とやま》藩の屋敷に接し、南には湯島《ゆしま》天神や春日局《かすがのつぼね》が葬られている天澤寺麟祥院《てんたくじりんしょういん》がある。

周囲のほとんどが寺社、あるいは武家屋敷という前田家上屋敷は人通りの少ない静かなところであった。

「戦《いくさ》を起こすならば、下調べを疎《おろそ》かにしてはなりません」

新武田《しんたけだ》二十四将の軍師山本伊助《やまもといすけ》が、一門衆武田太郎《たろう》を連れて、本郷《ほんごう》へと来ていた。

「地の利を得るのだな」

太郎が口にした。

「さようで。さすがは跡継ぎさま」

山本伊助が持ちあげた。

「とりあえず、この辺りを一周《ひとまわ》りしてみやしょう」

「うむ」

二人は湯島から本郷への坂道を登った。

「さすがは百万石だな。大門前に門番が立っている」

横目で様子を窺《うかが》いながら、歩いていた太郎が囁《ささや》いた。

「目に付くのは二人だけでござんすが、大門脇の無双窓《むそうまど》の向こうにもいましょう」

山本伊助も小声で告げた。

泰平が続いたことで、大名たちから緊張が失なわれるなか、前田家は武威を見せつけていた。

「気は緩んでいるようだが」

当主が参勤交代でいなくなると、どうしても家臣たちの風紀は乱れやすくなる。厳しい江戸家老はいても、主君ではないのだ。どれだけ家老だと威張《いば》ったところで、前田綱紀《つなのり》の前に出れば、門番小者と同じ家臣同士である。怒られたところで、放逐《ほうちく》されることはまずなかった。

「それでも大門は閉じられたままでござんすよ。外から襲って開けさせるなど、騒ぎで人を呼ぶだけで」

「何人いると見る」

前田家の上屋敷を過ぎ、水戸家の中屋敷まで来たところで、太郎が足を止めた。

「門番二人と、左右の番小屋に三人ずつ。合わせて八人は」

山本伊助が推測をした。

「で、こっちは」

「…………」

味方の戦力を問われた山本伊助が目を閉じて数え始めた。

「一門衆が三人、二十四将が十七人、その下が十八人……お館さまを入れて三十九名が総力でござんすが……」

「全部は出せないというのだろう」

「へい。縄張りの抑えに二十人は要《い》りやす」

山本伊助がうなずいた。

「では、十九人か。少ないな」

太郎が難しい顔をした。

無頼の活計《たつき》は、縄張りうちの賭場や遊所から取りあげるあがりや用心棒代という名の恐喝による。

江戸は町奉行所の力が大きいうえ、先手組《さきてぐみ》からなる火付《ひつ》け盗賊改《とうぞくあらた》め方《かた》などもあり、悪所をそう簡単に増やせない。それだけに無頼同士の縄張り争いは激しく、油断していると賭場や遊郭があっという間に奪い取られてしまう。

「その辺の無頼を金で雇いますか」

「それはなるまい」

山本伊助の提案を、太郎は否定した。

「武田の手の者だけで為《な》し遂げて、初めて偉業となる。外の力を借りたとなれば、我らを侮《あなど》る声も出よう。父上が狙っているのは、江戸だけではない。関八州《かんはっしゅう》のすべてを支配下におくおつもりのはずだ」

太郎が述べた。

「浅はかでございました」

諭された山本伊助が詫《わ》びた。

「いや、軍師の仕事は、ことを成就させるための策を献じること。それがどのようなものであれ、否定はしても責めはせぬ」

「ご器量のほど、感心いたしました」

またも山本伊助が称賛した。

「太郎さまあるかぎり、武田は安泰」

「うむ。吾《われ》こそ、お館さまの跡を継ぎ、江戸の闇を統《す》べる者である」

太郎も胸を張った。

「しかし、表門を使わぬとなれば、勝手か脇か」

大きな屋敷には通行の便を図るため、ところどころに家臣たちの出入り門が設けられていた。もちろん、こちらにも門番はいるが、表門に比べれば手薄になる。

「それはどこまでやるかで変わりましょう」

「どこまでやるか……」

太郎が怪訝《けげん》な顔をした。

「藩主前田綱紀公は、金沢。残っているのは江戸家老以下の家臣たち。とはいえ、百万石の江戸屋敷でござんすから、その数は千人近いはず」

「千人とは、また」

途方もない数に太郎が声をあげた。

「もっとも半分は、下屋敷、中屋敷に長屋を持ち、通いで来ている者でござんしょう。住んでいるのは半分近くにまで減るはずで」

山本伊助が付け加えた。

「前田の一族はどうだ」

「綱紀公の正室はすでになく、子供もいないはず」

これくらいは少し調べればわかる。すぐに山本伊助が伝えた。

「それは残念だな。妻でもいれば、組み敷いてやったものを」

太郎が声を立てずに笑った。

「…………」

山本伊助が沈黙した。

「奥女中でももらって帰るか。いや、父上がそれで我慢するとは思えんな」

太郎が腕を組んだ。

「その辺は、お館さまにお伺いするしかございませんが」

目標をどこに置くかは、武田を率いる法玄《ほうげん》の思惑次第であった。

「だの。では、父上に問うとしよう。帰るぞ軍師」

さっさと太郎が歩き出した。

武田法玄のもう一人の息子、四郎《しろう》は一人黙々と刀を振っていた。

「精が出るの」

一刻（約二時間）近く鍛錬していた四郎のもとへ僧体の男が近づいた。

「典厩叔父《てんきゅう》か」

四郎が太刀を鞘《さや》へ納めて、振り向いた。

「どうした、それほど稽古《けいこ》熱心ではなかったはずだが」

典厩と呼ばれた僧侶が問うた。

「どうしても勝ちたい相手ができたのでな」

四郎が答えた。

「ほう、おぬしほどの手練《てだ》れは、柳生《やぎゅう》道場にもおるまいに。殺し合いにおいての」

典厩が驚いた。

「勝てなかった。いや、次は勝てる。ただ、あのときは相手に地の利を取られていたから、勝負が付かなかった」

険しい顔で四郎が述べた。

「それほどの男、どこの者じゃ」

興味を持った典厩が問うた。

「男……いや、女だ」

「な、なんじゃと。女だと」

告げた四郎に、典厩が愕然《がくぜん》とした。

「膂力並《りよりよく》ぶ者なしと言われたおぬしと、女が対等にやりあうなどありえぬ」

典厩が首を左右に振った。

「どこの女じゃ」

「加賀藩前田家、瀬能《せのう》家の女中」

四郎が焦がれるような声で言った。

「以前も話に出た、二十四将のうち三人を殺したというあの女か」

典厩が苦い顔をした。

「本人は否定したがの。あの気迫、あの足さばき、ただの女中ではない。あれこそ噂に聞く忍《しのび》というものだろう」

佐奈《さな》の一挙一動を四郎は脳裏に刻んでいた。

「忍……さすがは百万石というべきか。今どき、戦える忍を抱えている大名などおるまいに」

典厩も感心した。

「女など敵にならぬと思っていたが、戦いに男も女もないと知らされた」

「まるで恋をしているようだぞ、四郎」

若い四郎を典厩がからかった。

「恋……そうかも知れぬ。なんとしてでもあの女に会いたい」

「ちょうどよいな」

笑ったままで典厩が、思い出したように四郎へ話しかけた。

「前田家を襲う手はずを決めるとお館さまがお呼びであるぞ」

「おう。いよいよだな」

言われた四郎が、勢いこんだ。

二

加賀藩前田家上屋敷は、緊張していた。国元へ戻る前に留守居役《るすいやく》瀬能数馬《かずま》から、不審な浪人者が、屋敷の周囲をうろついているという報告があったところに、小沢兵衛《おざわひょうえ》を取り押さえに行った目付以下捕り方衆の未帰還があったのだ。

何者かが、加賀藩に対し敵意を向けていると考えて当然の状況に、藩邸は警戒を密にしていた。

「みような風体の者が二人、一人は浪人に見えました。そやつらが当家の周囲を探っておりましてござる」

江戸には浪人者が多い。どこへ行っても浪人者は目立つが、さすがに武家屋敷、それも大名の上屋敷が集まっている本郷の辺りにはまず近づかない。

由井正雪《ゆいしょうせつ》が浪人を糾合《きゅうごう》して謀叛《むほん》を起こそうとする前は、随分《ずいぶん》と違っていた。

「拙者《せっしゃ》、熊本加藤《かとう》家で八百石を食《は》んでおりました。槍遣《やりづか》いにはいささかの覚えがござる」

「貴家とは縁深い宇喜多《うきた》宰相さまの家中でござった。縁におすがりいたしたく、備前《びぜん》よりやって参りました。御家老さまにお取り次ぎを」

仕官を求める浪人たちが、寄らば大樹の陰とばかりに前田家へ列をなしていた。

もとより、前田家も余分な人員を抱える気はない。武士は一代ではすまないのだ。仕官を認めると、よほどのことがない限り、末代まで禄《ろく》を与え続けなければならなくなる。

よほど今、欲しいと思える人材ならばまだしも、それ以外は不要でしかない。

「門前にたまるでない。散れ、散れ」

門番小者が六尺棒で追い払うのが通常であった。

しかし、それが由井正雪の一件で一変した。

浪人の窮乏を救うという大義名分を掲げていた由井正雪一味は、四代将軍家綱《いえつな》を討ち取り、江戸城を奪取するため、市中に火をかけて混乱を起こそうとした。

幸い、一味から訴人が出て、計画は未然に防がれたが、これが幕府を強力に刺激した。

「胡乱《うろん》な者め」

主君を持たない浪人は武士ではない。どれほど高禄をもらっていた過去をもとうとも、天下に名の知れた武芸の達人であろうとも、浪人となった途端、武士ではなく庶民となった。

由井正雪の一件以来、江戸の町を浪人が歩いているだけで、町方が声をかけるようになった。と同時に、浪人の危険さをあらためて認識した大名たちも、新規召し抱えをより厳格に審査するようになり、紹介状を持たない浪人の接近を嫌がるようになった。

結果、仕官の夢を絶たれた浪人は、下町でその日暮らしの人足や手伝いをするしかなくなり、大名屋敷へ近づく余裕もなくなった。当然である。人足や手伝いで得られる金では、一日か二日凌《しの》ぐのが精一杯なうえ、かならず仕事にありつけるとは限らないのだ。

「ふむ」

報告を聞いた江戸家老次席の村井《むらい》が眉間《みけん》にしわを寄せた。

「誰かが出てくるのを待っているのか」

「それにしては、すぐにいなくなるというのは解せませぬ」

用人が村井の意見に首を左右に振った。

「小沢兵衛のこともある」

加賀前田家で長く留守居役を務めた小沢兵衛は、接待に金を遣うことが許されているのをよいことに、かなりの額を横領していた。それが明るみに出た途端、逐電《ちくでん》した小沢兵衛は、いつのまにか老中堀田《ほった》備中《びっちゅうの》守《かみ》正俊《まさとし》の留守居役になっていた。藩の金を盗み、逃げ出した家臣は、見つけ次第捕らえて当然なのだが、堀田家相手はまずかった。

前田家五代綱紀は、先年大老酒井《さかい》雅楽頭《うたのかみ》忠清《ただきよ》の策に巻きこまれ、家綱の跡継ぎとして名前をあげられた。もちろん、綱紀にそんなつもりはまったくなかったが、五代将軍となった綱吉《つなよし》から見れば、己《おのれ》の将軍就任を邪魔した憎い敵になる。

天下第一の権力者から睨《にら》まれているときに、老中とさらなるもめ事を起こすわけにはいかなかった。一度召し抱えた以上、その者がどこかで罪を犯していたとしても守るのが主君の矜持《きょうじ》になる。

加賀藩前田家は、小沢兵衛が目の前にいても何一つできないという状況に歯噛《はが》みをするしかなかった。

しかし、その状況が変わった。堀田備中守と綱紀の間で、合意が成立し、小沢兵衛の引き渡しが決まった。堀田家の上屋敷へ呼び出した小沢兵衛を加賀藩士が受け取り、身柄を移すとの話が成立していたのに、気づかれたのであった。

己が売り払われたことを知った小沢兵衛は武田法玄を頼って逃亡した。

「逃がしたか」

捕縛《ほばく》に向かった藩士との連絡が絶えたことで、加賀藩前田家は小沢兵衛を取り逃がしたことを悟った。

臍《ほぞ》を噛んだ加賀藩前田家の門前に、数日後、小沢兵衛の無残な死体が落とされていった。

「どういうことだ」

小沢兵衛を殺す理由を持っているのは、加賀藩と逃げ出されて恥を掻《か》いた堀田家くらいしかない。

だが、加賀藩は小沢兵衛を探索中であったし、堀田家が見つけて討ち果たしたならば、門前に捨てるようなまねはしない。

主君綱紀がいないこともあり、加賀藩上屋敷は困惑のなかから抜け出せないでいた。

「とりあえず、気を緩めるな」

村井としては藩士たちの油断を戒めるしかなかった。

そんななか、足軽継《あしがるつぎ》が国元から江戸上屋敷へと到着した。

幕府からもっとも警戒されている百万石の外様として、国元と江戸の連絡《つなぎ》は重要である。加賀藩では、少しでも早く遣《や》り取《と》りができるよう、各宿場ごとに足の早い足軽を置いていた。これを足軽継と呼び、書状などを引き継いで走らせることで江戸と金沢を最短二昼夜で行き来した。

それだけに足軽継はよほどの場合でもなければ用いられない。

足軽継が来たというだけで、重大事があったとわかる。

「なにがあった」

村井が足軽継に問うた。

「これを」

足軽継が書状を差し出した。

「…………」

何重にも油紙で包まれた書状を、村井は解いた。

「殿から拙者《せっしゃ》へじゃな」

表書きと裏を見て、村井が己宛であることを確認した。

「拝見いたしまする」

綱紀はいないが、その書状に対し、村井が敬意を表し、一度目よりも高く押し頂いた。

「……なんとっ」

読み進むにつれて、村井の表情が険しくなった。

「御家老さま。なにが」

「まさか、殿に」

藩主の身に何かあれば、世継ぎのいない加賀藩は存亡の機にさらされる。同席していた用人や組頭が顔色を変えたのも無理はなかった。

相手にせず、村井は先へと読み進めた。

「そのようなまねをいたすとは愚かなり」

「御家老」

村井の漏《も》らす声に、一々皆が反応した。

「……御一同」

読み終えた村井が、その場にいた者の顔を見回した。

「なにがございました」

あらためて用人が尋ねた。

「富山が、殿を襲った」

「馬鹿な」

「そのようなことはあり得ませぬ。分家は本家が潰《つぶ》れたらそれまででござるぞ」

村井の言葉に、一同が騒然となった。

「近江守《おうみのかみ》さまはご存じなかろうとのことだ」

「では、誰が」

「富山の近藤《こんどう》じゃ」

「…………」

問われた村井が書状に書かれていた名前を口にした。

「近藤……近藤主計《かずえ》でござるか」

用人が目を剝《む》いた。

「そうだ。近藤主計と同心した者たちによって、殿は瑞龍寺《ずいりゅうじ》にて襲われた」

村井がうなずいた。

「安心せい。殿はご無事じゃ。火《ほ》灯《あか》り人《にん》と瀬能数馬が働いた」

「それはなによりでござる」

一同が安堵《あんど》のため息を吐《つ》いた。

「御家老、殿のご指示はいかがでござろう。富山の解体と併合でございましょうか」

富山へ対する報復をどうするのかと用人が尋ねた。

分家は本家から分かれたもので、幕府から新規取り立てを受けたわけではない。分家の領土はもともと本家のものだったのだ。本家には分家を潰《つぶ》す権利があった。

「なにもない」

「なっ……」

「見過ごすと言われるか」

首を横に振った村井に、一同がまた激した。

「鎮まれ、鎮まれ」

村井が声をあげた。

「誰が見過ごすと言うたか」

「では……」

番方の衆を束ねる組頭が腰を浮かせた。

「落ち着け、久野《ひさの》」

村井が制した。

「よいか、今は殿がおられぬ。こんなときに江戸で騒動を起こすわけにはいかぬ。富山へ対する処分は、来春、殿がお戻りになられてからじゃ」

「生ぬるい」

「甘いことを言われる」

一同から反発の声があがった。

「わかっておるのか」

ふたたび村井が大声を出した。

「……」

江戸家老の権は大きい。一同が黙った。

「富山が殿を襲った。いや、富山というより近藤主計が、仲間を語っておこなった。この愚行をそのままに受け取るな。分家の本家へ対する嫉妬《しっと》だ、分家付にされた者たちの恨みなどと考えるようでは、そなたたちは執政たる資格はない」

厳しく村井が一同をたしなめた。

「申しわけなし」

久野と呼ばれた組頭が代表して詫びた。

「裏を読め」

「……裏をでございますか」

「そうだ。富山の近藤主計ていどが、本家の殿を亡き者にしようなどと考えつくか。考えついたとしても実行できると思うか。成功しようが失敗しようが、無事ではすまぬぞ。たとえその場では近藤の仕業とわからなくとも、殿に万一あれば、藩をあげて下手人を追うことになる」

「たしかに」

村井の説明に、久野が首肯《しゅこう》した。

「なにより、筆頭宿老の本多《ほんだ》さまが黙っておられぬ」

「……本多翁」

久野が息を呑《の》んだ。

「本多さまの怖ろしさは近藤も知っている。その怖ろしさを凌駕《りょうが》するだけの後《うし》ろ盾《だて》がなければ、できることではない」

「糸を引いた者がいると」

「うむ」

確認した久野に、村井がうなずいた。

「誰でござる」

「問うとは情けない。それくらい分かれ」

尋ねた久野を村井が叱《しか》った。

「……御上でございますか」

「ああ。ただし、堀田備中守さまではないぞ」

「まさか、上様……」

久野の顔色が変わった。

「…………」

じっと村井は久野を見つめた。

「伊坂《いさか》、そなたはどうだ」

村井は用人に問うた。

「わたくしもそのように思いまする。失敗しても殿の報復から守っていただくとなれば、上様しかおられまいかと」

用人の伊坂が答えた。

「そなたらでは無理もないか」

村井が失望した。

「御家老さま、あまりでございましょう」

あからさまにあきれた村井に、久野が憤慨《ふんがい》した。

「まだまだ、そなたたちに江戸は任せられぬとわかっただけでよしとするか」

「どういうことでございましょう」

伊坂も喰《く》い下がった。

「少しは考えよ。よいか、上様が殿のことを嫌われているのはたしかだ。だからといって、富山にまで手を伸ばされるほど、上様にはときがない」

「とき……」

久野が首をかしげた。

「近藤は国元から出ていない。そして将軍となられてまだ一年に満たない上様に、加賀藩主を襲撃しろと近藤へ命じるような秘事を預けられる臣はいない」

「………」

「それは……」

二人が顔を見合わせた。

「今はまだ上様に、隠れてなにかをするだけのお力はない。堀田備中守さまを通じてでなければなにもできないと言うべきか」

「伊賀者《いがもの》を使うということは……」

幕府には隠密がいる。それを久野は口にした。

「堀田備中守さまが伊賀者を抑えておられよう。もともと伊賀者は上様ではなく、老中方がお使いになるものだ」

村井が語った。

幕府の伊賀者は大きく分けて四組あった。大奥の警固《けいご》を担う御広敷《おひろしき》伊賀者、江戸城の退き口山里廓《やまざとくるわ》を守る山里伊賀者、城中の小さな破損箇所を修理する小普請伊賀者、城下の御用屋敷、空き屋敷などを管理する明き屋敷伊賀者である。

このなかで諸国探索方を兼務するのは御広敷伊賀者であった。

将軍親政をおこなっていた家康《いえやす》、秀忠《ひでただ》のころは伊賀者に将軍が直接命じることもままあった。しかし、家光《いえみつ》、家綱と政《まつりごと》を執政に一任する将軍が続いたことで、諸大名を探索する隠密御用は、老中の支配を受けるようになっていた。

「他の老中なら……」

久野が村井を見た。

「……ありえる。老中の仕事は、機密だ。いかに首座の堀田備中守さまとはいえ、他の老中がしていることまでは、お口だしできないはず」

村井が険しい顔をした。

「誰が……」

怒りで顔を赤くした久野が罵《のの》りを口にしようとした。

「抑えよ。まだ決まったわけではない」

村井が久野を制した。

「しかし、ご家老」

久野は憤懣《ふんまん》やるかたないといった風情でまだ言い募ろうとしていた。

「落ち着けと申しておる」

宥《なだ》めるように村井が手をゆっくりと上下させた。

「ここで下手人捜《さが》しをしたところで、無意味であろう」

「いえ、特定して厳重に抗議をするべきでございましょう。そのような弱腰では、利《とし》家《いえ》公以来の武を誇る前田家がますます侮《あなど》られまする」

村井にまで久野が噛みついた。

「老中に文句を付けるのか。できるわけなかろう。そのようなまねをしてみろ。百万石は潰されるわ」

強く村井が久野を叱った。

「殿は二代将軍秀忠公の曾孫でございますぞ。その前田家を老中とはいえ潰せるわけございませぬ」

久野が反論した。

「…………」

冷たい目で村井が久野を見つめた。

「ご家老……」

久野が怪訝《けげん》な顔をした。

「老中を相手にすると思っているのだな」

「えっ」

問われた久野が驚いた。

「これくらいのこともわからぬとはの」

大きく村井がため息を漏らした。

「老中はきっかけにしか過ぎぬ。そのきっかけを利用なさるのは、上様じゃ。上様はいつでも己と成り代われるお血筋の殿を警戒されている。いや、嫌悪しているといえよう。その相手に傷を付けられる機を、見逃されるはずはない」

「…………」

久野の顔から色が抜けていった。

「将軍は武家の統領、上様が命じられれば、前田家は潰れる。そなたはそのきっかけを上様に差し出そうと」

「そ、そのようなつもりは……」

氷のような声で言われた久野が震えた。

「伊坂」

「は、はい」

村井の怒りに、用人の伊坂も縮こまっていた。

「新しい組頭として推すべき者を数名書き出せ」

「た、ただちに」

言われた伊坂が逃げるように村井の前から去った。

「他の者も、もうよいぞ。久野は残れ」

村井がこの話は終わりだと一同を外させた。

三

「まさか、ご家老」

一人残された久野が蒼白になった。

「組頭は戦場で藩士を指揮し、勝利へと導くべく働く者だ。しかし、平時では組内の和を計り、鍛錬を怠《おこた》らぬようにさせる者。血気盛んな者どもをまとめあげ、要らぬ騒動を起こさせぬようにするのが任。その組頭が、藩を危うくするような言動をおこなってどうする」

「申しわけございませぬ。ですが、富山がことは見逃せませぬ」

久野が正当な怒りだと言いわけをした。

「正しければなんでもいいと」

「…………」

子供の正義ではない。正論がかならず通るものではないことくらい、大人ならば誰でもわかっている。

訊《き》かれた久野が黙った。

「しばらく休め、久野」

組頭を解くと村井が宣した。

「ご家老……」

「長屋から出ることを禁じる。と同時に客の出入りも遠慮せい」

村井が久野に長屋でじっとしていろと告げた。

「蟄居《ちっきょ》まで」

武士にとって蟄居の罪は重い。蟄居している間に余罪が明らかになれば、切腹にまで届くこともあった。

「よく聞け。蟄居とは申してはおらぬ。役目は取りあげるが、それだけじゃ。そなたの怒りは前田の者が皆感じたものだ。咎《とが》めるわけにはいくまいが。ただ、そなたの考えに同調する若い者が出ては、大事になる。ゆえに人と会うなと申したのよ」

村井が説明をした。

どこの藩でも若い家臣たちの行動には頭を抱えていた。前田家は藩主綱紀の意向もあり、それほど馬鹿をする者は少ないが、それでも何人かに一人は己に敵《かな》う者はいないと思いあがっている。何人かに一人といえば、少なそうだが、前田家は百万石、江戸に常駐させている藩士だけで千名近いのだ。十人に一人としても百名、二十名に一人としても五十人からの馬鹿がいることになる。

「気付かず、申しわけございませぬ」

久野が村井の温情に感謝した。

綱紀が国元にいるだけに、江戸屋敷でのできごとは事細かに報告しなければならない。その報告に久野のことを記せば、綱紀が怒るのは当然である。

綱紀が怒って罰を与えれば、久野に大きな傷が付く。二度と浮かびあがってこられないだけならまだしも、下手をすれば家禄の減や家格を落とされる怖れもある。それを村井が役目を解くことで咎めを与えたとして、綱紀の怒りを抑え、久野の復帰に望みを残したのであった。

「もし……」

「皆まで仰《おお》せられるな」

今度は久野が村井を押さえた。

「若い者が来たら、うまくやりましょう」

久野が笑った。

「すまぬな。儂《わし》への不満をそちらに預けることになる」

富山の近藤主計がおこなったことは、加賀藩士を怒らせるに十分であった。

「たかが分家の家臣が」

「陪臣《ばいしん》の分際で、殿に刃向かおうなど、思いあがるにもほどがある」

加賀藩士たちのなかには富山藩士たちを下に見る者もいる。格下が格上に逆らうなど、生意気だとして激発する可能性が高い。それを村井はもっとも怖れていた。

「お任せをいただきますよう」

久野が一礼して、村井の前から去った。

「小沢兵衛の片が付いたと思えば、今度は富山か。まったく気の休まる間もない」

一人になった村井が嘆息した。

「そう言えば、横山玄位《よこやまはるたか》どのはお戻りになられたのかの」

村井が首をかしげた。

横山玄位は、加賀藩で万石をこえる重臣七家の一つで、江戸家老筆頭を世襲する横山家の若き当主である。

まだ豊臣秀頼《とよとみひでより》が大坂にあったとき、加賀藩前田家が徳川家康から謀叛の疑いをかけられたおりに交渉役として活躍した横山長知《ながとも》の孫にあたることから、幕府とのつきあいもあり、五千石の旗本横山長次《ながつぐ》とは大叔父と甥《おい》として親しく付き合っている。二万七千石という大名並《なみ》の禄を食み、一時は譜代大名への転籍を条件に綱紀の五代将軍就任を後押ししたりもした。

今回、綱紀が国入りをするについて、供家老として同行したが、急ぎの道中について行けず、途中で江戸への帰還を命じられていた。

「帰って来たならば、上屋敷へ顔を出さねばならぬはずだが……」

村井が表情をゆがめた。

加賀藩で万石をこえる禄を持つ家臣のなかで、横山家と徳川家康《とくがわいえやす》の腹心本多佐渡守《さどのかみ》正信《まさのぶ》の血を引く筆頭宿老本多家だけが、江戸に屋敷を持っている。ともに上屋敷からそれほど離れていない本郷にあるが、横山玄位帰着の報告は村井のもとへ届いてはいなかった。

「まったく、青い」

村井が天を仰いだ。

「己が幕府に通じたという疑いを殿に持たれたとわかっておろうに。道中家老として役に立たぬと途中で帰らされる恥辱を与えられたとはいえ、その不満を見せず、屋敷へ詰めるくらいでなければ、謀《はかりごと》などできまいに」

大いに村井があきれた。

「横山玄位のことも殿にお報せするしかないな」

村井は横山玄位をかばう気はなかった。

「なんとか江戸家老筆頭の肩書きを奪っていただけぬかの。さすれば、横山の影響力は極端に減る。一々、なにをするにも横山に話を持ちかけて納得させねばならぬのが面倒だ。それが無理ならばせめて筆頭の二文字だけでも外して欲しい」

江戸屋敷と江戸在住の藩士すべてを差配しているとはいえ、世襲の横山を筆頭にいただかねばならぬため、村井は次席家老でしかない。

若い横山玄位に相談するくらいならばまだ辛抱もできるが、邪魔されるのは我慢ならない。

「そのようなこと、軽々に認めるべきではない」

「江戸屋敷は幕府の目にさらされておる。そのようなまねは厳に慎むべきである」

すでに時代は戦国乱世ではなく、泰平になっている。藩の政《まつりごと》も変化していかなければならない。江戸屋敷にある武具の手入れの回数を減らすだとか、つきあう大名を豊臣恩顧から徳川の譜代へと替えていくなど、考えるべきはいくつもある。

とくに藩財政については急務であった。

泰平は人々に余裕を生む。乱世では明日の保証がなく今を生きるだけだった人が、その先を見つめるようになる。武家であろうが庶民であろうが生きるだけから、楽しむ生活に移るのだ。

楽しみは金がかかる。玄米で満足していたのが、白米でなければうまくないと思い出す。木綿《もめん》ものを身につけていたのが、絹ものの肌触りを知ってしまったことで不満に思うようになる。物見遊山など考えたこともなかったのが、名所旧跡を訪ねたくなる。

このどれにも金がかかる。

庶民はまだいい。収入を増やす手立てがある。毎日働く、朝早くから夜遅くまで頑張る、などで確実に増収できる。

とはいえ、武家にこれはできなかった。

武家は家禄で生きている。役目に就くことで手当や扶持米《ふちまい》をもらうときもあるが、これはその役目を果たすために要る経費のようなものになる。

多少は生活を潤わせることはできるが、まるままの収入が増えるわけではない。

また、役目に就いていない武士は、与えられた家禄だけに頼らなければならない。

先祖が戦場で、藩政で手柄を立てて得た禄は、子々孫々に受け継いでいける。庶民からしてみれば、これほどうらやましい話はない。子供が馬鹿でも無能でも、家禄はもらえるのだ。

だが、家禄は増えない。戦場が遠い昔に消えたため、首を獲って手柄を立てるというわかりやすいものがなくなった。

もちろん、役目の手柄で加増されることもある。あるいは姉や娘が藩主公のお気に入りになり、その引きで出世することもある。

しかし、これはごく一部でしかない。大多数の武家は、先祖から受け継いだ禄だけで生活をおくる。

つまり収入は変わらないのだ。贅沢《ぜいたく》をすれば、その分支出が増える。その贅沢が収入の範囲でこなせる場合は問題にならないが、ほとんどは支出が収入を上回る。

武家は、今、大きな岐路に立たされていた。

かつての質素な生活に戻り、借財をせず慎ましやかに生きていくか、借財をしてでも贅沢を続けるか、世のなかが武から金に代わろうとしているとき、武家もその未来を選択しなければならない。

そして大名も武家であった。いや、武家の集合体である。武家が崩れれば、大名も揺らぐ。加賀前田家もその影響を無視できない。

幸い、綱紀は無駄遣いをする性質ではない。他の大名のように、側室を両手の数ほど抱えたり、吉原《よしわら》へ足繁《あししげ》く通って散財したり、珍しい文物を金に飽かせて集めたりもしない。どちらかといえば質素に近い。おかげで前田家はいざというときに備えるだけの余力がある。

とはいえ、油断はできない。傷口ができる前に、拡がる前に、手当をする。それが執政の役目なのだ。

村井は前田家の支出、その六割近くを占めている江戸屋敷の経費を削減しようとしていた。それに横山玄位は待ったをかけた。

「前田家がそのような細かいまねをするわけにはいかぬ。百万石の面目を潰す気か」

「武家が商人同様に金勘定をする。恥を知れ」

村井の改革案を横山玄位は認めない。

「後ろに横山長次がいる」

横山長知から前田家潔白の証《あかし》にと人質に出された長次は、関《せき》ヶ原《はら》の合戦の後、徳川家から五千石を与えられ、旗本となった。

武士は禄を与えてくれる者に従う。これは恩と奉公という武士の根本である。たとえ親子であろうとも、仕える主君が違えば、敵対して殺し合うのが決まりで、誰の非難も受けない。

横山長次が幕府の指示で、横山玄位を操って加賀藩を貶《おとし》めようとしていると村井は読んでいた。

「殿によって横山長次と会うなと横山玄位は命じられた」

五代将軍を巡っての騒動で大老酒井雅楽頭忠清の走狗《そうく》となった横山長次を、綱紀は許さず、つきあいを断っていた。

「一度厳しく叱られたというに、まだやるか」

村井は小さく首を横に振った。

「手を打つにも……」

疲れた顔で村井は立ちあがった。

「留守居どもに頑張ってもらうしかないな」

横山玄位を押さえる権は、村井にはない。ならば、留守居役を駆使して、幕府役人や御三家などとの交流を深め、そちらから圧力を加えてもらうしかないと村井は考えた。

「殿が戻られるまで、あと十ヵ月か……」

五代将軍継承の問題にからみ、綱紀は、参勤としては異例の長年、江戸にいた。これは、幕府の求めによるもので、問題にはならなかった。国入りは遅くなったが、出府は決められたときに合わさなければならない。綱紀が江戸に来るのは、来年の三月になる。それまでの間、村井は江戸の加賀藩を守らなければならなかった。

四

仮祝言《かりしゆうげん》をあげた瀬能数馬と琴は、一夜の共寝だけで翌朝には別れの挨拶《あいさつ》をかわしていた。

「お気を付けて」

「うむ。留守を頼む」

主君綱紀の命《めい》で数馬は隣藩越前《えちぜん》福井四十五万石松平左近衛権少将綱昌《まつだいらさこんえのごんしょうしょうつなまさ》の城下へ使者として行くことになった。

「帰国の挨拶でいい」

数馬を派遣する用件を加賀藩前田家五代綱紀は興味なさげに言った。

「今まで一度も帰国の挨拶などいたしておりませんが」

宿老筆頭の本多政長《まさなが》があきれた。

「五代将軍継承の問題で騒がせた詫びだとすればよかろう。そもそも口実なんぞ、どうでもいいことだ」

「殿、さすがにそれでは瀬能が哀れでございますぞ」

本多政長が綱紀をたしなめた。

「ふん、このていどのことで傷つくようならば、留守居役なんぞできまいが。留守居役は先達の足の裏をなめて、初めて一人前になると聞いたぞ」

綱紀は留守居役の真実をよく知っていた。

「たしかにさようではございますが、あれでも娘を託した男でございまする。その娘《むすめ》婿《むこ》に他人の足の裏をなめさせるのは、いささか」

本多政長がさすがにそれはと首を左右に振った。

「……爺《じい》」

あきれた目で綱紀が本多政長を見た。

「しっかりと瀬能には、本当の目的を聞かせたのだろう」

「はい」

本多政長が首肯した。

「韓信《かんしん》の股《また》くぐりならば、耐えられよう」

綱紀が数馬の仕事を中国の故事にたとえた。

韓信とは漢の名将である。まだその名前が世に出る前、韓信は町で無頼に絡まれ、戦うか、股を潜って詫びるかとの選択を強《し》いられた。大望があった韓信は、ここで無頼を斬ってご手配の罪人となるよりはと、股を潜ってこの難を避けた。後に、出世した韓信は、このときの無頼を探し出し、その試練に耐えられたからこそ今があるとして、礼を述べたという。このことから韓信の股くぐりは、大望、大義のために恥を忍ぶことをいい、一時の屈辱は、決して恥ではないとの教えになっていた。

「そうであればよいのですが、どうも瀬能には大望がないように見えまする」

娘婿の無欲さを本多政長が懸念していた。

「大丈夫だろう」

綱紀が否定した。

「瀬能に欲がなくとも、琴はあろう。琴がうまく瀬能を操る」

「娘を強欲のように仰せられるのは、心外でございまする」

本多政長が抗議した。

「琴は己に素直になっただけでございますぞ」

「紀州へ嫁にやられたのが、相当こたえたのだな」

綱紀が苦い顔をした。

琴は一度、紀州家の重職の嫡男のもとへ輿入《こしい》れしている。子供ができないとの理由で離縁され金沢へ戻り、数馬と出会った。

「怖ろしいな、琴が思うがままに動く……か」

一時は継室候補にもあがった琴である。綱紀はその性質をよく知っていた。

「数馬と婚姻《こんいん》も果たしました。これで琴に遠慮する理由はなくなりました」

「止める気はないのだな、爺」

淡々と言う本多政長に綱紀は確認した。

「前田の家を食い荒らそうという愚か者をかばう意味はございますまい」

本多政長が応じた。

「たしかにの。将軍継嗣《けいし》の問題も終わった。余《よ》が不在の間に緩んだ国元を引き締める好機だな」

綱紀が藩内の粛正《しゆくせい》を認めた。

「ところで爺」

すっと綱紀が目を細めた。

「近藤主計をどうする」

険しい声で綱紀が問うた。

「どうもいたしませぬ」

本多政長があっさりと答えた。

「余の命を狙ったのだぞ。このまま放置せよと言うか」

綱紀の声が低くなった。

「餌《えさ》でございますからな」

主君の怒りにも平然としたままで本多政長が告げた。

「餌だと」

「はい」

確かめた綱紀に、本多政長がうなずいた。

「……そうか、大久保《おおくぼ》加賀守を釣り出す気だな」

老中大久保加賀守忠朝《ただとも》が、高岡《たかおか》での襲撃の後ろにいると綱紀と本多政長は気付いていた。

本多佐渡守正信《さどのかみまさのぶ》、上野介正純《こうずけのすけまさずみ》親子によって、先祖を貶《おとし》められた大久保加賀守は、前田家を潰すことで綱吉の機嫌を取り、父祖の地小田原《おだわら》へ復帰しようとしていた。富山藩家老近藤主計は、その大久保加賀守に唆《そそのか》されて綱紀を高岡瑞龍寺に襲った。そう二人は確信していた。

「さすがでございまする」

気付いた綱紀を、本多政長が褒《ほ》めた。

「いつまでも子供扱いするな」

褒められた綱紀が、不満そうな顔をした。

「これは失礼をいたしました」

本多政長が詫びた。

「釣り出すと言うが、どうするのだ」

「近藤主計には、すでに軒猿《のきざる》の見張りを付けておりまする」

訊いた綱紀に、本多政長が語った。

軒猿とは、上杉《うえすぎ》家が越後《えちご》を領していたころに使役していた忍である。猿のように軒先にぶら下がってでも敵の内情を調べてくると言われるほどの技を誇っていた。その軒猿を上杉の謀臣直江山城守《なおえやましろのかみ》の娘婿となった加賀本多家初代政重《まさしげ》が受け継ぎ、加賀へと連れてきていた。

「殿をあのていどのことで害せると思いこむ。浅いとしか言えませぬな。その近藤でございますからな、今ごろ顔色を変えて、頼りの大久保加賀守へすがりついておりましょう」

本多政長が鼻で笑った。

「大久保加賀守が、受け入れるか」

綱紀が疑問を呈した。

執政などの権力者は、手の者をかばわない。使える間はなにかと便宜を図ってくれるが、使いものにならなくなったり、失敗したりした途端に切り捨てる。堀田備中守と綱紀の和解は密かにおこなわれ表沙汰《おもてざた》になっていないとはいえ、秀忠の曾孫への手出しは大久保加賀守の命運を左右する。

加賀憎しの綱吉を頼ろうにも、堀田備中守がしっかり食いこんでいる。寵臣《ちょうしん》は己の座を危うくする新たな寵臣の台頭を許さない。

当たり前である。寵臣は主君の寵愛を失えば、そこで失脚することになる。そして主君の寵愛を失う最大の原因が、新しい寵臣の登場だからであった。

「なにを渡しているか次第でしょう」

「渡している……」

本多政長の言葉に、綱紀が怪訝な顔をした。

「今回の殿を襲った一件、あれの指示を大久保加賀守が書状などで指示していたり、ことがなった後の褒賞《ほうしよう》を書きものにして渡していたり」

「それはなかろう。そのような後日の証拠をうかつに渡すようでは、とても執政の器ではないぞ」

綱紀が首を左右に振った。

「なにもなしで、本家の殿を襲うとは思えませぬ。まあ、近藤がそこまで愚かだったということも考えられますが」

本多政長が苦く頬《ほお》をゆがめた。

「むうう」

綱紀も唸《うな》った。

「なんの保証もなしで、謀叛という大罪を起こすほど近藤主計の頭はおめでたいとお考えでございますかな」

「そうは思わぬ。そこまで愚かなら、あのていどの人数ではなく、それこそ藩をあげて襲いかかってきただろう。そちらのほうが確実だからな」

尋ねた本多政長に、綱紀が答えた。

「ひそかに殿を害し奉《たてまつ》れば、加賀藩は潰れまするる」

四代将軍家綱の大政委任をしていた綱紀の岳父保科肥後守正之《ほしなひごのかみまさゆき》によって、末期養子の禁は緩められ、跡継ぎなしは改易という幕府の決まりは有名無実になった。

とはいえ、分家の藩士が本家の主《あるじ》を襲殺《しゅうさつ》したとあっては、無事にすむはずはなかった。分家が本家に刃向かうのは謀叛と同じ扱いを受ける。本家へなにか文句があって、分家は兵を挙げる、幕府へ訴えるなどをしたときでも、咎めは避けられないのだ。

まず加害者たる富山藩は改易、藩主前田近江守正甫《まさとし》は切腹、首謀者たる近藤主計は磔獄門《はりつけごくもん》となり、被害者の加賀前田も減封、いやここぞとばかりに取り潰しされかねなかった。

「それくらいは近藤もわかるだろう」

綱紀が不安そうな顔をした。

「はい。ですからなにかの書きものを近藤主計は持っていると考えておりまする」

「それを奪うか」

ようやく綱紀は本多政長の狙いを悟った。

「近藤主計の命なんぞ、獲ったところでなんの意味もございませぬ」

冷たく本多政長が近藤主計に価値はないと断じた。

「それよりも狙うべくは、後ろにいる者の頸根《くびね》」

「大久保加賀守の弱みを押さえる……」

「さようでございまする。近藤主計は今ごろ、殿からの報復に怯《おび》えながら、江戸へと急いでおりましょう」

本多政長が語った。

「国家老が江戸へ出るには、なにかと手続きが要るだろう。そう早くに動けまい」

綱紀が疑問を口にした。

幕府は諸大名の統制を強固なものにするべく、諸藩の重臣にもいろいろな制約を課していた。その一つが家老職の江戸、国元の往還であった。

御三家、譜代大名ならば、あまり厳しいことを言わないが、外様、それも数十万石の大大名ともなると、家老職以上の名簿を提出させ、交代などの報告もさせた。

重職というのは、藩内での影響も大きい。幕府は大名の正室、嫡子を江戸に留め置き、人質代わりにしているが、江戸家老も同じであった。江戸家老が国元へ帰る。これには謀叛を起こしたときの人質にされないためという意味合いがあった。

戦国のころ、大名同士で和睦や停戦の証《あかし》に人質を交換したり、従属の証として人質を出したりするときに、主君の一族ではなく、重職の息子が使われることはままあった。加賀藩でいえば、前田利長《としなが》が徳川家康へ屈したときの人質に、生母まつの他に、横山長知の息子長次を差し出した過去がある。

それほど重職は重視されている。

国家老が江戸へ出るのも、一応幕府へ届け出ておくべきであった。江戸家老と違い、国家老の無断出府は、国元で兵を挙げる打ち合わせと取られかねないからである。

「江戸まで使者を立て、藩邸に出府を報せ、藩から幕府目付へ届け出る。そして許可状を持った使者が国元へ戻るまで待つ。それほどの余裕はございますまい」

「ないな」

本多政長の言いぶんを綱紀は認めた。

明日、本家から詰問の使者が富山城へ来てもおかしくないのだ。いや、いきなり本家の捕縛使《ほばくし》が近藤主計の屋敷へ討ちこんできて当然といえる。罪を犯した者が、いつ来るかという恐怖に耐えられるはずはなかった。

「近藤主計にしてみれば、大久保加賀守が助かるための砦《とりで》。そして大久保加賀守が渡した書きものが、そこへ繋《つな》がる一本の糸」

「持って行くな。とても国元に残してはいけまい」

その書状しかすがるものがない。唯一の心の支えを置いて行けるわけはなかった。

「残しておくべきなのでございますが。相手も証拠が手の届かないところにあれば、無茶を仕掛けてきませせぬのに」

本多政長が苦笑した。

表沙汰になってもっとも困るのは大久保加賀守である。大久保加賀守からすれば、なんとしてでも近藤主計から証拠を取りあげるか、それを偽物にできる方法を執《と》らなければならない。

「大久保加賀守の屋敷に逃げこむなどしたら、終わりだな」

綱紀がため息を吐《つ》いた。

「させませぬ」

はっきりと本多政長が宣した。

「価値なき近藤主計とはいえ、やったことだけの報いと償《つぐな》いをさせなければなりませぬ。それがたとえ、闇のものであっても」

「……任せる」

鬼気を漏らした本多政長に、綱紀は一瞬の間を空けてうなずいた。

五

金沢から福井まではおよそ二十二里（約八十八キロメートル）弱ある。男の足で二日の行程であった。

「あらためまして、本多家家人の刑部一木《おさかべいちもく》でございまする」

金沢城下を出て、他人目《ひとめ》のなくなったところで小者の姿で挟《はさ》み箱《ばこ》を担いでいる刑部が名乗った。

「琴どの、いや琴より聞いておる」

仮祝言をあげて夫婦になったのだ。数馬は琴に付けていた敬称を外した。

「軒猿の束《たば》ねをしておるとか」

「主《あるじ》より、預かっておりまする」

数馬の確認に、刑部が首肯した。

「それほどの御仁に、小者のまねをさせるわけには参りませぬ」

石動庫之介《いするぎくらのすけ》が困惑した。

身分でいえば、刑部は本多政長の家臣、石動庫之介は瀬能数馬の家臣とともに前田家でいうところの陪臣で同格になる。

しかし、配下の一人も持たない石動庫之介と、忍の者とはいえ軒猿を束ねる刑部では、格に差が出た。

「いえいえ。これがもっともよろしいのでございまする」

ていねいな言葉遣いで刑部が否定した。

「主君、家士、小者、旅をするにはこの取り合わせが、もっとも普通でございまする」

「たしかにそうだな」

刑部の話に数馬も同意した。

今までは、狙われるのが必然の旅ばかりであった。前田直作《なおなり》を守っての出府、江戸から離すための会津《あいづ》行き、そして参勤留守居役と、数馬は三度の旅を経験しているが、どれも命がけであった。命を狙う者との対峙《たいじ》を含む旅に、戦う術《すべ》を持たない小者を同伴するのは哀れであった。

いかに小者とはいえ、襲われている主君を残して逃げ出すことは許されない。二度ともとに戻れないだけではなく、逃げれば欠け落ち者として罪人となり、場合によっては上意討ちの対象になる。

主をかばうために残れば死、逃げれば人生の終わり、そんな状況に小者を追いこむのはあまりである。数馬は三度の旅すべてを、石動庫之介だけを供にしていた。

しかし、これは異様な状況であった。旅には荷物が付きものである。着替えに道具、薬など、どうしてもあるていどのものは要る。

また、衣服の洗濯などの雑用もある。旅籠《はたご》などで女中に心付けを握らせれば、洗濯や衣服の繕《つくろ》いくらいはしてくれるが、毎回うまくいくとは限らない。女中に暇がなかったり、枕事が専門で、他はなにもできませんというときもある。

なにより大切な主君の身につけるものをどこの誰ともわからぬ者に任せるわけにはいかない。襟《えり》に毒針を仕込まれたり、袴《はかま》の縫い糸を切られたりしては大事になる。よほど貧しい家でもない限り、当主の旅に小者が同道するのは当たり前であった。

「ちょうどよろしゅうございますので」

もう一度刑部が、このままで行くと告げた。

「わかった。すまぬが、頼む」

「よろしくお願いをいたしまする」

数馬と石動庫之介が認めた。

「今日中に大聖寺まで足を延ばしましょう」

刑部が急ごうと言った。

「大聖寺までだと、どのくらいある」

「おおよそ、十三里（約五十二キロメートル）くらいでございましょう」

問われた刑部が計算した。

「それくらいならば、大事ないな」

「はい」

数馬と石動庫之介が顔を見合わせて首肯した。

「では、わたくしが先に」

刑部が足を速めた。

大聖寺は富山と同じく、加賀前田家の分家が治める町であった。加賀前田家三代利《とし》常《つね》の三男利治《としはる》を祖とし、七万石を領した。

一国一城令によって城を破棄した大聖寺藩は陣屋大名でしかなく、富山藩に比して石高も格も劣る。

「大聖寺の藩主は二代前田飛驒守《ひだのかみ》利明《としあき》公でございまする」

歩きながら刑部が説明を始めた。

「初代利治公が跡継ぎなく亡くなられたため、弟の利明公が養子に入られて、藩を継がれましてござる」

刑部が続けた。

「御先代利治公は、大聖寺に入られると藩内の殖産に意を尽くされ、金山銀山を発見されただけでなく、その掘削で出た残土を使った焼きものも始められました。また、御当代の利明公も新田開発、紙作りを推奨されておられまする。そのお陰で大聖寺は表高に倍する実高を誇り、領民どもも穏やかな暮らしを営んでおりまする」

「二代続けて名君とは、珍しいの」

数馬は感心した。

「当然でございまする。御先代の妹で、御当代の姉にあたる春姫《はるひめ》さまが、本多家へ嫁がれておられ、義理とはいえ、吾《わ》が主とは兄弟になられるお方でございますれば」

誇らしげに刑部が告げた。

「本多さまの……」

「いいえ、岳父さまとお呼びくださいますよう」

思わず口にした数馬を刑部が訂正した。

「そうであった」

仮祝言の後、本多政長から父と呼べと言われていたのを数馬は思い出した。

「……それをなぜ知っておる」

数馬はその遣り取りを見ていたのかと刑部に問うた。

「日ごろ、わたくしは殿の陰供《かげとも》でございますれば」

刑部が悪びれずに述べた。

陰供とは、姿を見せずに警固をする者のことで、武術に優れているのはもちろんのこと、機密に触れる機会も多いため、主から絶大な信頼をおかれていた。

刑部は仮祝言の一部始終を見ていたと言った。

「…………」

「ああ、ご安心を。その後のことは拝見いたしておりませぬ」

黙った数馬に、刑部が首を横に振った。

「姫さまと瀬能さまのことは、わたくしではなく娘の任でございますれば」

「娘……」

誰かわからず数馬が首をかしげた。

「いつも瀬能さまにはお世話になっております る。佐奈が吾が娘でございまする」

「なっ」

「そうでございましたか」

刑部の話に、数馬は絶句し、石動庫之介が驚いた。

「先日は、娘を金沢までお戻しいただき、かたじけのうございました。お陰で姫さまをお守りできました」

足を止めて刑部がていねいに腰を曲げた。

「いや……」

「いいえ。瀬能さまのなされたことで、我ら軒猿の名前は守られたのでございまする」

たいしたことではないと手を振りかけた数馬を、刑部が制した。

「少し、お話をさせていただいても」

「かまわぬが、歩きながらにしよう。立ち止まっていては目立つうえに、ときを無駄にするだけだ」

許可を求めた刑部に、数馬は行程を進めながらにしようと提案した。

「はい。それでは」

刑部がふたたび前に立った。

「軒猿が越後上杉家の忍であったことはご存じでございますな」

「ああ、義父上《ちちうえ》と初めてお話をさせていただいたとき、直江状を見せていただきながら教えてもらった」

　確かめる刑部に、数馬はうなずいた。

「そのとき、殿はこう言われたはずでございまする。初代本多政重公の正室が直江山城守さまの一人娘であった縁から譲り受けたと」

「うむ」

　数馬は首を縦に振った。

「それは表向きでございまして……」

　少しだけ刑部の気配が鋭くなった。

「どうした」

「…………」

　数馬と石動庫之介が柄《つか》に右手をのせた。

「……聞き耳を立てておる者が居るかどうかを探っただけでございまする」

　刑部が大事ないと表明した。

「それにしても、よほど殿は瀬能さまをお気に入られたのでございますな」

　表情を柔らかくして刑部が感心した。

「本多どのが、拙者を気に入った……」

「はい。でなければ琴さまを嫁になど出されませぬ。紀州《きしゅう》へお輿入《こしい》れさせたときとは事情が違いまする。紀州へ琴さまをお出しになられたは、徳川大納言頼宣《だいなごんよりのぶ》さまのお求めに応じたもの」

怪訝な顔をした数馬に、刑部が続けた。

「頼宣さまから、本多どのは随分《ずいぶん》とかわいがられたと伺った」

琴の初婚の話を聞いたときに、本多政長から紀州大納言頼宣との関係を聞かされていた。

「そのままに受け取られてはいけませぬ。申しわけなき仕儀ながら、琴さまのお輿入れは、我ら軒猿が原因でございました」

「軒猿が……」

数馬が首をかしげた。

「上杉家が誇る忍であった軒猿には、二つございました」

刑部が感情のこもらない声で語り始めた。

「一つは上杉家に直接仕える軒猿、言わば本家でござる。この本家こそ、上杉の当主、ご実城《みじょう》さまをお守りする最後の盾《たて》」

戦国の雄、上杉家は当主のことを実城と呼んでいた。

「軒猿、猿のように軒の上にあがり、屋根の下でおこなわれているすべてを見聞きしてくることからそう言われてきたとされる我らには、別の意味もございました。退きざる、そう、決して退却しない死兵との意味でござる。退きざるは、本隊が危機に陥ったとき戦場に残り、追撃してくる敵を死ぬまで留める。最初から生還を求めていない兵」

「薩摩《さつま》の捨てかまりと同じ」

「さようでございまする」

確認した数馬に、刑部がうなずいた。

薩摩の捨てかまりの怖ろしさは、徳川に染みついていた。かの関ヶ原において、石《いし》田《だ》三成《みつなり》に与《くみ》し家康と敵対した島津《しまづ》は、なぜか本戦には加わらず、傍観を続けた。小《こ》早《ばや》川中納言秀秋《かわちゅうなごんひであき》の寝返りもあり、勝敗が決した後、島津はようやく動いた。

島津は、そのまま東海道を大坂へ逃げるをよしとせず、勝ち戦に驕《おご》っている家康に与した軍勢へと突っ込み、伊勢《いせ》街道への道を取った。わずか一千五百ほどの兵で数万をこえる軍勢を突き破る。誰も考えていない行動に、当初戸惑った家康方の軍勢もすぐに落ち着きを取り戻し、島津を追撃した。

どれほど兵が強かろうが、数には勝てない。たちまち島津は多くの軍勢に追いつかれ、蹂躙《じゅうりん》されそうになった。

そのときに出てきたのが捨てかまりであった。捨てかまりは、数人ずつ本隊から分離、迫る追撃の兵を迎え撃った。刀が折れれば腕で、腕がなくなれば、噛《か》みついて敵を葬る。生きて帰ることを考えていない死兵ほど始末に負えない者はいない。なにせ島津へ襲いかかろうとしている兵たちは、天下分け目に勝ったのだ。後は生きて国へ帰り、褒美《ほうび》をもらうだけとなったところで、死兵の相手なぞして命を失いたくはない。

生をあきらめた者、生にしがみつく者では気迫が違う。わずかな捨てかまりを殺すために、数倍の被害が出る。やがて徳川方の兵は、血まみれでも襲い来る島津の姿に怯え、追撃を中断した。おかげで島津の将義弘《よしひろ》は無事に薩摩に帰れ、捨てかまりの武名は天下に広まった。

「捨てかまりの恐怖が、関ヶ原の後、島津討伐をしなかった理由の一つだとも聞いた」

数馬の先祖は、関ヶ原に遅刻した二代将軍秀忠の配下として参加、捨てかまりを直接は見ていないが、その噂《うわさ》をよく知っていた。

「薩摩の捨てかまりほど知られてはおりませぬが、上杉の退きざるも命を捨てた者でございました。しかし、それだけでは忍はやれませぬ。死ぬことだけを考える忍なぞ、ただの役立たず」

「調べたことを報告するのが忍の仕事」

「さようでございまする」

数馬の言葉に、刑部が強く首を縦に振った。

「その退きざるではない、軒猿を預かっておられたのが上杉の謀臣直江山城守さまでございました」

「なるほどな」

直江山城守兼続《かねつぐ》は、上杉謙信《けんしん》の小姓から上杉景勝《かげかつ》の謀臣にのしあがった武将である。その器量は豊臣秀吉をして欲しいと言わせたほどである。その直江山城守兼続が、関ケ原の前、上杉をその膝下《しっか》に従えようとした徳川家康との交渉をおこなった。そのときの相手が、本多佐渡守正信、加賀本多家初代政重の父であった。

「関ケ原は徳川家の勝利で終わりました。直接家康公と矛《ほこ》をかわしたわけではございませぬが、上杉と徳川も戦の寸前まで行っておりました。天下は徳川のものになったからといって、なにもなかったでは終わりませぬ。上杉も咎めを受けることになりました」

「所領百二十万石が三十万石へと削られたのであるな」

数馬が答えた。

「はい。武を誇る上杉の力を怖れた家康公は、改易にはできませなんだ。潰されるとなれば、上杉は一丸となって戦いましょう」

「被害はとんでもないな」

小さく数馬も震えた。

百二十万石の上杉は、五万以上の兵力を持つ。それも徳川の誇る三河武士を易々《やすやす》と破った武田と死闘を繰り広げ、負けなかった精強な者ばかりである。「尾張《おわり》の兵は五人で武田の兵一人、三河《みかわ》の兵は三人で武田一人」と言われたときもある。五万は十五万に匹敵する。天下の兵を動員すれば、勝てるだろうがその被害は大きなものになる。せっかく豊臣の勢力を削《そ》いだというに、徳川まで力を落としたのでは、天下分け目の関ヶ原で勝った意味がなくなる。家康は、島津同様、上杉征伐をあきらめざるを得なかった。

「かといってなにもなしとはいきません。上杉征伐は一応当時の天下人豊臣家からの命で徳川が出兵したのでござる。そこで直江山城守さまと本多佐渡守さまが裏で話をし、上杉は三十万石に減らされるが、家は残すで終わりました」

一度刑部が話を切った。

「……そのとき、本多佐渡守さまから一つ申し出がございました。関ヶ原で勝っても まだ天下は豊臣のもの。豊臣は朝廷から認められて公儀として政をしている。それを強奪しては、徳川の名前に傷が付く。下手をすれば朝敵になりかねませぬ。いずれは豊臣を滅ぼすにしても、それだけの用意が要りまする。そして、裏でなにかをするに忍ほど便利なものはございませぬ。本多佐渡守さまは直江山城守さまに軒猿を譲ってくれと言われた。それを直江山城守は呑まざるを得なかった。一応とはいえ、相手は勝者でござる。敗者は勝者になにも言えませぬ」

「それならば、軒猿は徳川に属していなければならぬだろう」

刑部の話に、数馬は首をかしげた。

「いいえ。それができぬ事情がございました。関ヶ原の後、徳川は家康さまの謀臣たる本多佐渡守さまと秀忠さまの傅育《ふいく》大久保治部少輔《じぶのしょうゆう》さまの間で権力闘争が起こっておりました。その最中に、本多佐渡守さまが自在に使える忍を手にするのは、家中騒動のもとになる」

「本多佐渡守さまの力が強くなりすぎるか」

「はい。そうなることを怖れて、大久保治部少輔さまが秀忠さまをそそのかし、家康さまへ反発させては、せっかくの天下分け目の勝利が消し飛びかねませぬ。それを懸念した家康さまは、軒猿を本多佐渡守さまではなく、息子の本多政重さまへ預けさせたのでございまする。加賀藩ならば、大久保家の目も届きませぬ。裏で動くにはじつにつごうがよい」

「むううう」

数馬はその深慮遠謀に唸《うな》った。

「そのことを頼宣さまは、ご存じでございました。晩年の家康さまがもっとも愛したお方でございまする。秀忠さまには教えられなかったこともお語りになられたとしても不思議ではございませぬ」

「まさか……」

刑部の説明に、数馬は息を呑んだ。

「頼宣さまは、軒猿を吾が配下とするために加賀の本多家との縁を求められた」

「…………」

無言で刑部が肯定した。

「軒猿はその名の通り、建物への侵入を得意とする。その軒猿を手にしたがったというのは……」

「由井正雪の乱のおり、江戸中を火事にして江戸城へ侵入するというのがございました。そして由井正雪の後ろ盾と言われたのが……」

「紀州大納言頼宣さま」

刑部と数馬が顔を見合わせた。

「真実はわかりませぬ。ご存じなのは本多の殿だけでございましょう。ただ、頼宣さまが亡くなられるなり、琴姫さまを加賀へ取り戻されたのは殿でございました」

「琴どのの離縁は紀州から言い出したもので、子ができぬゆえと聞いたが」

数馬が疑問を口にした。

「そうしたほうが、後々の面倒を避けられましょう。本多から求めたというより、紀州から帰されたといったほうが、波風も立ちませぬ。なにより琴姫さまが目立たずにすみまする」

刑部が述べた。

「琴姫さまは軒猿のために、意に染まぬ相手と婚姻をなされました。操を捨てられたことに、我ら軒猿は報いなければなりませぬ」

じろりと刑部が数馬を睨《にら》みつけた。

「わかっておる。琴はたいせつにいたす」

「お願いをいたしまする」

約束した数馬に、刑部が頭を下げた。

第二章　格別な家柄

一

金沢と福井は近い。冬ならば雪に閉ざされて往来が困難になるときもあるが、今は夏、それも盛りである。

旅に無理は禁物、もう一宿場足を延ばそうと考えたところで、一日を終えるのが心得とされている。

無理をすれば一昼夜で福井まで行けるが、早朝に福井へ着く意味もない。誰かに会おうとしても、夜明け前は礼儀どころの話ではなく、夜討ち朝駆けの類《たぐい》になってしまう。

なにより今回は敵地なのだ。

数馬は大聖寺《だいしょうじ》で一夜を過ごし、福井へは二日目の昼過ぎに入った。

「まずは宿でございますな」

すっかり小者振りが板に付いている刑部《おさかべ》が数馬を見た。

「よいところを知っているか」

すでに福井城下に入っている。どこで見張られているかわからないと、数馬は主人らしい言葉遣《づか》いで刑部へ問うた。

「ここは城に近い武家屋敷町でございますゆえ、少し南へ移動せねば宿などはございませぬ」

刑部が首を小さく横に振った。

金沢城下でも同じだが、城に近いところは譜代の家臣や重職の屋敷が建ち並び、宿屋や店などの営業は認められていない。

「任せてよいか」

「よきところを見つけましょう」

頼んだと言う数馬に、刑部が胸を張った。

「…………」

数馬の後ろに付いていた石動《いするぎ》庫之介が、少しだけ気配を変えた。

「……どうした」

刑部に付いて歩きながら、数馬が小声で問うた。

「目を感じましてございまする」

石動庫之介も声を潜めて報告した。

「場所は知れたか」

「あいにく、一瞬でございましたし、気付いたと悟られるのもよろしくないかと考えまして、追わぬようにいたしました」

訊《き》いた数馬へ、石動庫之介が答えた。

「よくしてのけた」

数馬が対応を褒《ほ》めた。

これが金沢城下ならば、石動庫之介は胡乱《うろん》な者を追うべきであった。加賀《かが》前田藩士である数馬には、城下の治安を維持する義務がある。不審な者を誰何《すいか》するのも問題なかった。

しかし、ここは福井松平家の城下である。数馬にはなんの責もない代わり、一切の権能も許されていない。うかつに追いかけて、それが勘違いであったなどとなれば、福井藩から加賀藩へ苦情を持ちこまれることもありうる。

「貴藩の者が、当藩の家臣に無体を働いた」

これがその辺の外様大名からの文句ならば、あしらうだけでいい。

「それはご無礼をいたした。その者は後ほど叱《しか》っておきますゆえ」

百万石の権威は強い。相手は一応の詫《わ》びで、引っこむしかなくなる。

しかし、福井藩松平家が相手となると、話が変わる。

福井藩はいろいろあって、その特権を奪われているとはいえ、神君徳川家康の次男秀康を祖に持つ名門である。御三家に準ずるご家門として、大廊下下段の間に席を与えられている。ちなみに加賀の前田も秀忠の血を引く四代前田光高《みつたか》以来、大廊下下段の間に格を上げられたが、それでも福井の下座でしかない。

その福井藩から、数馬の行動で叱責がきたら、さすがに無視したり、適当に受け流すだけではすまなくなる。

「重々お詫び申しあげるとともに、当人には切腹を申し付けましてございまする」

家老に頭を下げさせたうえ、数馬は腹を切ることになりかねない。

もっとも、ここまでいくことはそうそうない。

福井藩の家中を殺《あや》めたり、大きな傷を負わせたりしたならば別だが、そうでなければ無用な死は恨みを残す。

藩境を接する大藩との間に、わだかまりを作るのは避けたい。まず、数馬の切腹はないが、だからといって無茶をしたり、あえて火中の栗を拾いにいく意味はなかった。

「三つでございますな」

前を向いたままの刑部が口にした。

「九頭竜川《くずりゅうがわ》をこえたところで気付きましてございまする」

「どこからだ」

刑部が答えた。

九頭竜川は福井の北を流れる大河である。福井藩と加賀前田との間を隔てる要害として使われている。

もともと福井に家康が次男秀康を関《せき》ヶ原《はら》の合戦の後に入れたのは、加賀の前田が京や大坂へ兵を出すのを妨げるためであった。

前田百万石が本気になれば、三万や四万の兵は動員できる。実際は国元を守らなければならないので、そのすべてを派兵できはしないが、それでも万をこえる。それだけの兵が押し寄せれば、五十万石あろうが、六十万石あろうが勝負にはならない。

福井藩の役割は加賀藩を滅ぼすのではなく、その軍勢が上方《かみがた》へ向かわないよう足留めすることである。

北陸一の大河である九頭竜川は、福井を守る第一の関門としての役割を持つ。そのため、常設の橋ではなく、いつでも外せる舟橋が架《か》けられていた。

舟橋とは、横にあるいは縦に並べた舟を鎖や縄で繋《つな》ぎ、その上に渡し板を敷いたものである。

岸に繋いでいる舟の係留を解けば、川の勢いで流れ出し、橋としての機能を失う。

もともとは、橋を架けてはいけない川に臨時として設置されるもので、有名なところでは、三代将軍家光《いえみつ》が上洛するときに、大井川《おおいがわ》へ舟橋を架けさせた例があった。

「なるほどな。舟橋で見張っておけば、不審な者を見つけやすいか」

しっかりと数馬は己《おのれ》が不審者だとわかっている。

「それだけ前田を気にしていると考えるべきでございましょう」

刑部が告げた。

「とりあえず、殺気はなさそうでございまする」

危急にはならないだろうと石動庫之介が言った。

「そうあってもらいたいな」

数馬が苦笑した。

「疑われていると思うか」

小声で数馬が刑部へ尋ねた。

「難しいところでございましょう」

「琴さまを襲った者、殿を狙った者、福井の差し金には違いございませんが」

刑部は、本多政長の見解に絶対の信をおいていた。

「ただ、それが藩をあげてのものか、一部の重職だけの考えかがわかっておりませぬ」

「なるほどな。藩をあげてのものだと、前田から来るであろう報復の者を九頭竜川で待ち伏せしていた」

「はい。でなく、一部の暴走ならば、我らを見張っている者は通常の行動でしかないとなりまする」

「通常ならば、いきなり襲っては来ぬな」

「だと思いまする」

数馬と刑部が互いに目を合わせることなく、遣《や》り取《と》りをかわした。

「殺気がないならば、通常の警戒と考えてよさそうだな」

「おそらく」

数馬の推測を刑部が口だけで認めた。

「どちらにせよ、できるだけ早いうちに、福井藩庁へ加賀からの使いだと報せておくべきだな」

「…………」

石動庫之介が無言で同意を示した。

宿は城から二町（約二一八メートル）ほど離れた町屋のなかに取った。

「武家町に近いと、いろいろ面倒がございまする。旅籠《はたご》に隣接する屋敷に侍が集められてたり、弓矢、鉄炮《てつぽう》の不意討ちもありえますゆえ。なによりそういった位置取りの旅籠は、不審な者を見つけるという役目を持ち藩庁と繫《つな》がっていることが多く、気を張り続けなければなりませぬ」

刑部が理由を説明した。

「油断は禁物だが、ずっと緊張を続けるのは厳しい」

数馬も刑部の意見に賛成した。会津《あいづ》への行路で経験したが、いつ襲われるかと思いながら歩むのはなかなかに疲れるものであった。

「宿帳をお願いいたしたく」

　三人が旅装を解いたころ、宿屋の番頭が帳面を持って顔を出した。

「うむ。加賀前田家家臣瀬能数馬、この二人は吾《わ》が従者である」

　宿帳は全員の名前が記されるものではなく、代表者と同行何名というのが普通であった。

「加賀さまの……」

　番頭が筆を走らせた。

「……番頭、ちと尋ねたい」

　筆が止まるのを待って、数馬が声をかけた。

「この度の来訪はな、主君より松平家さまへの使者としてなのだが、いきなりお城に行くわけにも参るまい。どなたをお訪ねすべきか教えてくれ」

「御用でございましたか。であれば、国家老次席の結城外記《ゆうきげき》さまのお屋敷が近くにございまする」

　番頭が告げた。

「明日にでもお邪魔したいと思うのだが、今、書状を認《したた》めるゆえ、店の者に届けてもらえるか」

「よろしゅうございまする。おできになりましたら、お声がけを」

泊まり客からの頼まれごとをこなす。これも宿屋の仕事であった。

「すまぬの」

引き受けた番頭に、数馬は小粒金を一つ握らせた。

「このような……」

「取っておいてくれ。なにかと世話になるのだ」

数馬は小粒金を押しつけた。

「ありがとうございまする。なにかございましたら、ご遠慮なくお申し付けを」

満面に笑みをたたえながら、番頭が下がっていった。

「調べて参りましょう」

刑部がすっと立ちあがった。

「結城の屋敷の場所はわかっているのか」

「福井藩だけでなく、近隣の城下はすべて把握いたしておりまする」

驚く数馬に、刑部がなんでもないことだと言った。

「先ほど、番頭との遣り取りに口出しをいたしませんでしたのは、そのほうが違和を抱かれまいと考えてのことでございまする」

刑部が述べた。

「なるほどな。さすがは義父どのの懐刀」

数馬が感心した。

「では」

刑部が主《あるじ》の命《めい》で買いものに出るような体《てい》で、部屋を出て行った。

「殿……」

石動庫之介が意見をしたそうな顔を見せた。

「言うな。任せるしかあるまい。我らに他人目《ひとめ》を忍ぶことができるか」

「……できませぬ。しかし、九頭竜川から後を付けている者がいるとわかっていたならば、それを報せるべきでは」

「知っていて知らぬ振りはできまい。どうしても背後を気にするだろう。さすれば、付けてきている者にも悟られる。刑部は、我らの足りぬを補ってくれたのだ」

刑部を信用しきれないと懸念する石動庫之介を数馬が諌《いさ》めた。

「そなたの気遣いはうれしく思う。そのお陰で生き残ってきたのだ」

数馬は石動庫之介への感謝を言葉にした。

「これからも頼む」

「畏《おそ》れ多いことでございまする」

主君からの信頼の言葉は、家臣にとって最高の賛辞になる。

「ただな、義父どののお考えが読めぬ。おそらくご自身の守りの要《かなめ》であり、加賀の耳目である軒猿《のきざる》の頭領を吾《われ》に付ける意味がわからぬ」

数馬がため息を吐《つ》いた。

「純粋に手助けという意味もあろう。さすがに婚姻《こんいん》したての娘婿《むすめむこ》をどうこうしようなどとはお考えでなかろう。そうだとしたら、琴が許すはずもない」

「それはまちがいございますまい」

石動庫之介が首肯《しゆこう》した。

「吾に経験を積ませようと考えておられるのもわかる」

己の足りなさを数馬は嫌というほど知っている。

「……止《や》めじゃ」

しばらく考えていた数馬が、あきらめた。

「わからぬものは、わからぬ。あの本多翁ぞ。吾ごときでは、思いもつかぬことをお考えなのだろう」

数馬が部屋の隅に置かれていた文机《ふづくえ》の前へと移動した。

「書状を認《したた》める」

結城外記あての書状を数馬は書き始めた。

二

数馬を見送った琴は、瀬能の家を出た。

「このままでよろしいのに」

「いえ、わたくしがおりましては、お気を遣っていただかねばなりませぬし、せねばならぬこともございますゆえ」

数馬の母須磨《すま》の引き留めを、琴は謝しながら断った。

「旦那《だんな》さまがお戻りになられましたら、帰って参りまする」

「帰って……」

琴の一言に須磨が顔色を明るくした。

「はい。すでにこちらが吾が家でございますれば」

ほほえみながら琴がうなずいた。

本多家の門を潜《くぐ》った琴は、そこで父本多政長への面会を求めた。

「実家でなんの遠慮がある」

玄関まで出てきた本多政長があきれた。

「嫁いだ者としての礼儀でございまする。なにがあっても帰って来ず、辛抱せよと訓戒を垂れるのがお父さまの任でございましょうに」

「ふん、辛抱する気などないだろうが」

琴の言いぶんに、本多政長が苦笑した。

「数馬が戻るまでの間だろう、どうせ。上がれ」

「お許しをいただきましたゆえ」

一礼して琴が屋敷へと足を踏み入れた。

「まずは儂《わし》の部屋でよいな」

「はい」

確認した本多政長に、琴が同意した。

「義姉《あね》への遠慮か」

書院で腰を下ろした本多政長が娘に問うた。

「義姉さまへの遠慮と、向こうから付いてきた者への嫌がらせでございまする」

琴が笑った。

義姉とは、本多政長の長男政敏《まさとし》の正室で、前田《まえだ》孝貞《たかさだ》の娘のことである。本多政長と政敵前田孝貞の仲を取り持つ意味で、藩庁からの指示で縁組みをしていた。

五万石と二万一千石の婚姻ともなると、嫁に多くの家臣や女中が付いてくる。それらは嫁いできた正室が子を産んだあと、半数が実家へ戻り、残りが本多家へと転籍していた。

「誰が禄《ろく》をくれているか、わかっておらぬ愚か者どもに、わたくしは嫁に出て、すでに本多の者ではなく、瀬能の妻だとして見せつけてくれました」

琴は五万石の姫なのだ。本来ならば出歩くには乗輿《じょうよ》のうえ、警固《けいご》の侍や雑用をこなす女中を連れていかなければならない。

それを琴はせず、己の足で、夏《なつ》だけを供に実家へ顔を出し、さらに玄関を上がる許可を当主に求め、もう本多のものではないと示したのであった。

「まあ、これで恥じるようなれば、端《はな》からわたくしを襲うようなまねはいたしませぬが」

「無駄にはなるまい。おまえたちの足がどこに立っているか、知っているぞと見せつけたのだ。賢い者は変わるだろう」

「賢くない者はどうなさいます」

語る父に、娘が問うた。

「いつもの伝だな。本多兵庫《ひょうご》、藤井雅楽《ふじいうた》と……の」

本多政長が冷たく言った。

「安心いたしましてございまする」

琴が父親を見つめた。

本多兵庫、藤井雅楽ともに、本多政長の家老職であったが、どちらも藩からの命《めい》で切腹させられていた。

「本多兵庫も藤井雅楽も幕府に通じ、加賀前田家を狙っておった。いや、徳川は関ヶ原の真実を知る本多の血筋を絶やしたかったのだろう」

本多政長が苦く頬《ほお》をゆがめた。

徳川家の謀臣本多佐渡守《さどのかみ》正信の次男でありながら、同僚を斬り家を飛び出した加賀本多家初代政重は、浪人となって諸侯を渡り歩いた。

やがて加賀の前田家に拾われ、三万石を食《は》むようになったが、当然ながら譜代の家臣などなく、伝手《つて》を頼って来る者、知人からの紹介を受けた者を抱えるしかなかった。

そのなかには、幕府の息がかかった者などが多くいた。

関ヶ原合戦の端緒となった上杉征伐で、徳川家康と激しく遣り合った直江山城守《やましろのかみ》兼続が本多佐渡守正信と最初から繋がっていた。正確には、関ヶ原以降を見据《みす》えた本多佐渡守と直江山城守の策であったが、表沙汰《おもてざた》になると徳川家康の名前に傷が付きかねない。

関ヶ原の合戦で天下を取ったとはいえ、まだ豊臣恩顧《おんこ》の大名は多かった。本多佐渡守の策謀が知れるのはまずい。また大坂の陣を終えて、完全に天下を掌握《しょうあく》した徳川は家康を神として祀《まつ》りあげた。その神の経歴に傷があってはならない。

徳川は必死になって関ヶ原の合戦の裏を抹殺《まっさつ》した。

跡継ぎを作らず死亡した直江山城守はまだしも、本多佐渡守には子孫がいる。幕府は、親から子への伝承も許さずとして、直系の本多上野介正純《こうずけのすけまさずみ》を改易、三男で二万八千石の大名であった大隅守忠純《おおすみのかみただずみ》の家系も断絶させた。

残ったのは加賀にいる本多政重の系統だけとなった。

とはいえ、本多政重は加賀前田家の家臣で、徳川から見れば陪臣《ばいしん》になる。陪臣を幕府が咎《とが》めることもないわけではないが、どうしても目立つ。

なぜ陪臣ごときに、幕府が手出しをするのかと世間の注目を集めては、折角《せっかく》闇へ沈めた秘事が浮かんで来かねない。

幕府としては直接の手出しではなく、加賀藩に本多を潰させたかった。だが、本多家は五万石という禄もさることながら、前田家の支柱である。

「本多を潰《つぶ》せば、次は前田だ」

その後がわかっている前田家代々の当主は、本多家への手出しをしなかった。なんといっても、加賀の本多は徳川の功臣本多佐渡守の血筋なのだ。事実、初代本多政重は家康に、政長は四代将軍家綱へ目通りもしている。

その本多を幕府にそそのかされたからといって潰せば、どうなるかなど自明の理である。

「徳川に縁のある本多を潰すとはなにごとか。本多は前田の目付《めつけ》でもあったのだぞ。その目付を死なせるとは、幕府への叛意《はんい》有りと言わざるを得ぬ」

難癖《なんくせ》を付けられ、加賀の前田家にもなんらかの咎めが来る。幕府がやれと命じたなどと口にはできないのだ。

武士にとって家臣は財産である。その財を命じられたからといって切り捨てたうえ、その責を幕府に持っていくなど、前田家がいかに情けなく、無能なのかということを天下に示すことになる。

結果、前田家は策謀を起こし、本多家を傷つけようとした重臣を排除するしかなかった。

幕府が陪臣を咎めるのとは違い、藩内での処罰となれば、世間の注目は浴びない。また、藩の家老を処断したときは、幕府へその理由を届け出なければならないが、ただの家臣となれば報せを出さなくてもいい。

加賀の前田と本多は、手を取り合って藩を守ってきた。

「で、そなたはどうするのだ」

「私の義妹に手出しをしようとした愚か者どもに、ちとお灸《きゅう》を据《す》えようかと思っておりまする」

問われた琴が答えた。

瀬能数馬の妹美津《みつ》は、もと旗本という筋目が邪魔をして未《いま》だに婚姻の話が来ていなかった。その美津にいくつもの縁談が、琴の婚約とともに舞いこんでいた。

「片山主膳《かたやましゅぜん》、佐藤靭負《さとうゆきえ》、安浦次郎三郎《やすうらじろうさぶろう》、二島兵衛《ふたじまひょうえ》だったな」

しっかりと本多政長も把握していた。

「はい」

琴が首を縦に振った。

「人持ち組と平士の上席ばかりだの」

本多政長が苦笑した。

「瀬能家先代が藩内で嫁を探せず、隣の福井から迎えざるを得なかったのに比して、ずいぶんな差だな」

「露骨にもほどがございます」

嫌そうな顔を琴が露わにした。

「やり過ぎるなよ」

本多政長が釘を刺した。

「殺しはしませぬ」

冷たい声で琴が言った。

「当たり前だ。殺したら後始末をせねばなるまいが」

娘の言動に等しく親も過激であった。

「本多に手出しをしたらどうなるかの見せしめ、格落ちくらいはしていただきまする」

「それくらいならば、よかろう」

本多政長が納得した。

「殿のご負担にならぬようにいたせよ」

藩内の波風は、綱紀の気を乱す。本多政長が綱紀を気遣った。

「大事ございませぬ。女のしでかしたことくらいで、殿がお疲れになられるわけなどありませぬ」

琴が綱紀は大丈夫だと述べた。

「…………」

本多政長が大きくため息を吐《つ》いた。

「ところで、お父さま」

雰囲気を変えた琴が、姿勢を正した。

「……瀬能のことか」

「はい。なぜ、吾が夫を福井に行かせましたのでございましょう」

琴が言い逃れは許さないと険しい声で尋ねた。

「そなたと殿を襲った者が、福井にかかわりある。そうわかったゆえに、瀬能を行かせた。留守居役として他藩との交渉をするのは、役目柄当然だろう」

問題はないと本多政長が応じた。

「裏におる者を含めてかき回そうとなされるのは、わかりまする。ですが、それに吾が夫を巻きこむのはお止《や》めいただきたく存じまする」

琴は怒っていた。

「福井は敵地。そこへ夫を一人で行かせるなど……」

「刑部をつけてある」

一人ではないと本多政長が否定した。

「刑部の腕は疑っておりませぬ。それに、刑部が一人で行っているとは思っておりませぬ」

軒猿《のきざる》を始め、伊賀者《いがもの》、甲賀者《こうがもの》などすべての忍は、単独で敵地への潜入はしなかった。

単独だと、万一の対応が取れないからだ。一人だと忍びこんで重要な情報を得ても、なにかあればそこまでになる。折角《せっかく》手に入れた情報も、届かなければ意味がない。それを防ぐため、かならず一人後方支援の忍が付いた。

この忍は、敵地に入りこまず、戦いにも参加しない。仲間が敵に襲われていても手助けはしない。もちろん、二人になればかならず勝てる状況ならば別だが、基本は見捨てる。その代わり、仲間が手にした情報、どのような状況で襲われたか、襲い来た者はどのような技を使うかなど、できるだけのものを持ち帰り、次への備えとする。

「なにをお考えで」

もう一度、琴が質問した。

「福井に加賀への手出しは危ないと教えてやらねばならぬ。だが、それには福井のなかで、誰が加賀を敵視し、誰がそれに反対しているかを知らねばなるまい。その色分けをするために瀬能に働いてもらう」

本多政長が説明した。

「…………」

琴が無言で本多政長を見続けた。

「……はあ」

本多政長が肩を落とした。

「おまえが男であれば、儂《わし》はとっくに楽隠居できただろう」

「お父さまの老後なんぞ、どうでもよろしゅうございまする」

「嫁に出した娘というのは、父に厳しいの」

切り捨てる娘に、父親が嘆いた。

「ごまかされますな」

話を逸《そ》らすなと琴が睨《にら》んだ。

「知らぬほうがよいこともあるぞ」

本多政長も雰囲気を変えた。

「知っていれば手も打てましょう。知らねば、ただ待つだけになりまする。それはもうごめんでございまする」

琴が拒んだ。

「すまぬな。前の嫁入りはまちがいであった」

「いいえ。わたくしも本多の女、婚姻が家の都合によるなど、覚悟はしておりました。ただ、妻としてあつかってくださらなかったお方に尽くす気はありませんでしたが」

詫びた父に、琴が謝罪は不要だと言った。

「瀬能に話せぬぞ」

「女には秘密が付きものでございましょう」

「悪いな、瀬能」

西へと顔を向けて、本多政長が頭を下げた。

「お父さま……」

父の行動に、琴が怪訝《けげん》な顔をした。

「気にするな。男親と婿《むこ》の間のことだ」

本多政長が手を振った。

「さて、話を戻すぞ」

「はい」

声音を真剣なものにした本多政長に、琴が応じた。

三

「儂は福井を許さぬ」

はっきりと本多政長が宣した。

「殿が狙われたのを知っているか」

「高岡の瑞龍寺《ずいりゅうじ》でのことならば」

問うた父に、琴が告げた。

「そなたのもとにも話が届いていないとはな。さすがは刑部じゃ」

本多政長が腹心を称賛した。

「刑部……なにがありました」

出てきた名前に、琴が緊張した。

「殿が参勤からお城の御殿に入るところを、弓矢で射ようとした者がおった。もちろん、弓を射る前に仕留めたがな」

「なっ……」

聞かされた琴が絶句した。

「御殿へ入られる殿を射るとなれば、櫓《やぐら》の上か、御殿の屋根の上。そこまで入りこまれたとは」

すぐに琴が状況を把握した。

「わざとだ。殿を狙っているとわかったゆえ、前もっての排除は止《や》め、後ろにいる者を探るために見張っていた」

「なるほど、それが福井だったと」

「そうだ」

娘の理解力に、父が満足げにうなずいた。

「策が甘すぎたゆえ、十分防げたが、もう少し工夫されていたら、どうなったかわからぬ」

「お父さまが見逃されることなどございませんでしょう」

本多政長の懸念を琴が否定した。

「普段ならばな。だが、今は違う。殿の五代将軍継承問題に始まった家中の騒動はまだ収まっていない。さらに富山まで手出しをしてきた。この最中にだ」

「まさか、瑞龍寺での一件もこのための布石……」

琴が息を吞《の》んだ。

「おそらくな」

本多政長が認めた。

「高岡で襲われた。その緊張が金沢城へ入ったことで安堵《あんど》から解れる。そこに生まれた隙《すき》を突く。策としてはまあまあだが、参勤の予定がずれたときへの対応ができていなかった」

「数馬さまが進言した夜旅でございますね」

少しうれしそうに琴が口にした。

「そうだ。鳥居《とりい》家の姫との見合いを避けるための手段であったが、おかげで行列は半日予定が早まった」

参勤交代の日程は決められている。いつどこの本陣に泊まり、どこの宿場で休むかなどをあらかじめ予定しておく。それが今回は違った。

もちろん、宿泊などの手配があるため、むやみな変更はできないが、今回は追分《おいわけ》の本陣が鳥居家の言いなりになったため、無理を通せた。

「そのことを知って、殿のお国入りが早まると焦《あせ》ったのだろうな。行程通りに進まなければならないというのを、追分を飛ばしたことで疑った。そもそも今回は国入り自体が遅れている。異例ずくめであったことも影響したのだろう。本来ならば、ぎりぎりまで屋根の上などという見つかりやすい場所に行かず、見えないところに潜んでいるはずだった刺客が早めに待機してくれた」

本多政長が続けた。

「いつも通りの参勤でなかったことが、殿の命を救った。まさにあやういところであった」

反省をこめて本多政長が目を閉じた。

「もし、殿が亡くなっていたら、加賀はどうなったと思う」

「殿にはお世継ぎがおられませぬ。弟君もおられませぬ。となれば分家からご当主をお迎えすることになりましたでしょう。いえ……」

問われて答えた琴が、思案し始めた。

「たしか参勤のおりには、万一に備えて跡継ぎについてお届けが御上に出されると聞きましたが」

琴が本多政長に確認した。

「あいかわらず、よく知っている」

　本多政長が感心した。

「参勤の途中で事故があったりして、当主が亡くなったときに跡継ぎが決まっていないで家が潰されてはたまらぬゆえ、大名は万一のときに備えて、世継ぎを指名しておく。それを書状に記し、厳重に封をして月番老中へ預ける。もっとも実際は右筆《ゆうひつ》部屋に届けるのだがな」

　月番老中がなにもしなくなって久しい。本多政長が苦く頬《ほお》をゆがめた。

「では、御上は殿の跡をどなたが継ぐかをご存じでいらっしゃると」

「いいや。この仮養子の届けと呼ばれる封は万一がなければ解かれることなく、殿に戻される。殿以外、この儂も含め、誰も中身を知らぬ」

　本多政長が秘密だと告げた。

「それでよく、殿を富山は襲いました。なかに書かれているのが、大聖寺さまだったときは、どうなさるおつもりだったのでございましょう」

　近藤主計のしたことを、琴は無駄だったと断じた。

「あやつが愚かなのはそれでもわかる。後ろから操られていると気付かなかった段階で、とても家老が務まるわけないのだが。問題はそこではない」

本多政長が真剣な目つきをした。

「わからぬか。先ほど儂が申した仮養子の届けは、参勤の最中のみ有効なのだ」

「……お城へ入られた段階で、参勤ではない」

琴が気付いた。

「そうだ。金沢城へ、いや、前田の領内に入ったところで、参勤交代は終わったと見なされる。つまり、もし殿が御殿へ入るときに害されたら……」

「前田は世継ぎなしの状態に陥《おちい》った」

最後を濁した父を娘が受けた。

「…………」

沈黙で父が肯定《こうてい》した。

「加賀は潰せない。いかに今の上様といえども、藩士、その家臣を合わせて数万の浪人を生みだすわけにはいかぬ。慶安《けいあん》の変、あの二の舞をなさる気かと老中たちが止めよう」

慶安の変とは、由井正雪による天下転覆《てんぷく》の一件である。三代将軍家光が死去、跡を継いだ家綱がまだ四代将軍に就任する前、天下に将軍がいないという異例の時期に、江戸は神田連雀町《かんだれんじやくちょう》で軍学を教えていた由井正雪が、仲間の浪人と語らって挙兵しようとした。

江戸、駿河《するが》、京、大坂の四ヵ所で同時に挙兵するという策は、仲間から訴人が出たお陰で事前に発覚、無事に防がれた。

しかし、数千もの浪人が参加していた壮大な計画に幕閣は肝《きも》を冷やし、末期養子の禁は一層《いっそう》緩められ、できるだけ大名を潰さないようにと幕府の政策を転換させた。

「だが、当主を思うがままの人物に替えることはできる。殿が亡くなれば、前田家から珠姫《たまひめ》の血筋は消えるからな」

秀忠の娘珠姫は、嫁いだ前田利常との間に三男五女を儲《もう》けた。その長男が加賀前田家四代光高《みつたか》で、綱紀はその一人息子になる。

「富山の利次さま、大聖寺の利治さまも珠姫さまのお子さまでございましょう」

前田に珠姫の血筋は残っていると琴が言った。

「富山と大聖寺は分家とはいえ、どちらも独立した大名だ。もともと両家ともに幕府が命じて作らせたようなものだぞ。珠姫さまのお子、すなわち秀忠さまの孫を大名にせず、藩内で飼い殺しにする気かと」

本多政長が語った。

「なにより、幕府が外様最大の前田を弱体化できる好機を見逃すものか。二度と将軍継承にその名前が挙がらぬようにするだろう」

「どこかから養子を連れて来る……」

「ああ」

娘の言葉を父は認めた。

「前田の血を引いている者ならまだしも、それこそ御三家の余り者を押しつけて来るということもある。同じ秀忠公の血筋だと、保科《ほしな》家から養子を取れと命じられることもありえる」

「まったく前田の血を引いておられぬお方など、藩士たちがいただきますまい」

父の説を娘は否定した。

「藩主が城で殺されるという異常事態の後始末だぞ。それでなければ、前田を潰すと脅《おど》されてみろ。藩が割れている今、幕府に与《くみ》する者が多く出るぞ」

「なんと……」

琴は絶句した。

「そして……」

本多政長が口のなかの乾きを唾《つば》で湿した。

「新しく藩主になった御仁は、幕府の傀儡《かいらい》だ。今までの当主方のように、我らを守ってはくださらぬ。いや、潰しにかかってくるだろう。藩の庇護《ひご》を失えば、加賀の本多は保たぬ。もっとも本多を失えば加賀も滅びるだろうがな」

「…………」

聞き終わった琴が父の怒りを感じ、蒼白になった。

「儂は見逃さぬ。殿を害そうとした者を。加賀を思うままにしようとした者を。本多を潰そうとした者を」

「わたくしも許せませぬ。ですが……」

「数馬もそなたを迎えた今、本多じゃ」

娘の抵抗を本多政長が押さえた。

「お父さま……」

琴は父を怖いと感じていた。

「儂はすべてを読んでいるぞと見せつけるため、娘婿を使者に出した。福井も馬鹿ではない。加賀の前田を潰したいと考えている者も、この泰平に騒動を起こすべきではないと思っている者も、儂の意図に気づくだろう。そうとわかっていて数馬に手を出すかどうか。それを見ている。そなたには悪いと思うが、これも本多の一門の宿命じゃや」

「宿命……」

呆然《ぼうぜん》としている琴に、本多政長が言った。

「今はできるだけ動くな。数馬が戻ってくるまで待て。そなたを守るだけの手が足りぬ。儂の守りも外しているのだ。数馬を死なせぬためにな」

「では、軒猿の腕利きを数馬さまに」

「付けた」

本多政長がうなずいた。

「お礼を言うべきかどうか、悩みまする。そもそも数馬さまを福井に行かせなければ、陰供《かげとも》は不要でございましたから」

琴が安堵《あんど》の表情を浮かべながら、父に嫌みを聞かせた。

「わかったならば、己の部屋で大人《おとな》しくしておれ」

「はい」

素直に琴が腰をあげた。

「ああ、お父さま」

書院を出かかったところで、琴が足を止めた。

「どうした」

立ったまま親になにか言うような無礼を琴はしたことがない。怪訝な顔で本多政長が訊《き》いた。

「もし、福井が数馬さまを襲ったらどうなさいまする」

父の顔を見ずに、琴が尋ねた。

「潰してくれるわ」

間髪を入れず、本多政長が断言した。

「そなたはどうする」

本多政長が琴へと返した。

「お覚悟をなさいませ、お父さま」

「……福井を潰すまでは、生かしてくれよ」

娘の宣告に本多政長が頼んだ。

「では、下がりまする」

振り向かず、琴が去って行った。

「娘から引導を渡されるとは思わなかったわ」

本多政長が寂しそうに独りごちた。

四

次席家老結城外記の屋敷は、大手門から南へ二町ほどのところにあった。

「加賀藩の使者からの書状だと」

運ばれて来た封書に結城外記は眉《まゆ》をひそめた。

「そういえば、加賀守さまは参勤で国元へお戻りであったな」

受け取った書状を開けながら、結城外記が呟いた。

「……参勤の時期がずれたことを説明したい……か。今までこのようなことはあったか、主殿助《とのものすけ》」

結城外記が書状を渡した後も、部屋の隅に控えている用人へと問うた。

「いいえ、わたくしの覚えている限りでは、加賀さまの参勤にかんして、なにかしらの通達、通告などを受けたことはございませぬ」

主殿助と呼ばれた用人が首を左右に振った。

「だの」

結城外記も同意した。

「どう思う」

「参勤になにかございましたのでしょうか」

問われた主殿助が首をかしげた。

「加賀守さまになにかあったならば、当家に使者を出す余裕などなかろう。まずは江戸へ急使が発《た》ったはずだ」

藩主に不測の事態があれば大事になる。周囲の大名へ気遣いなどしている場合ではなくなる。

「たしかに」

主殿助がうなずいた。

「殿と加賀守さまは親しいと聞いた」

越前《えちぜん》松平左《さ》近衛権少将《こんえのごんしょうしょう》綱昌と綱紀は、殿中席次が隣り合っている。年齢では綱昌のほうが若いが、家格が近いことで交流はある。

「お受けになりまするや」

訪問を認めるかどうかを主殿助が訊いた。

「返事をまずせねばならぬな。断れぬな。とはいえ、こちらも準備なしで会うのはまずい。明後日の四つ（午前十時）ごろでお願いしたいと返事をしておけ」

「はい」

主の指示を用人は承諾した。

「あと、江戸の事情に詳《くわ》しい者はおらぬか」

次席家老結城外記は国元を離れられない。若いころ、見聞を広めるため一年だけ江戸へ遊学した経験があるだけであった。

「でしたら、度会《わたらい》さまがよろしいかと。二年前まで江戸で留守居役をなされておられました」

主殿助が提案した。

「度会翁の。かなりの歳で、隠居するために役目を辞したのではなかったか」

結城外記が困惑した。

「というのは表向きで、そのじつは江戸の勘定方《かんじょうかた》と遣り合われた結果、国元へ返されたというのが真実《まこと》らしゅうございまする」

家老の用人というのは、噂《うわさ》にも強くなくてはならない。主が知らなくていいことでも、用人は頭の隅に置いていた。

「金か……」

一層《いっそう》結城外記が嫌そうな顔をした。

どこの大名も、江戸での経費には頭を痛めていた。

江戸で収入は得られない。まれに国元の特産物を江戸で売り、金を稼いでいる大名もいるが、片手の指で足りるほどしかおらず、ほとんどの大名は浪費するだけであった。

越前藩もご多分に漏《も》れなかった。藩士の数では、国元が七割、江戸が二割、その他京大坂などが一割という差があるにもかかわらず、年貢の半分以上が江戸で費やされている。

国元からは、何度も江戸屋敷へ経費削減を求めているが、減るどころか増える一方であった。

「神君家康公、ご次男秀康さまのお名前にもかかわる。その辺の大名に劣るようなまねはできぬ」

江戸屋敷からの返事はいつも同じであった。

「勘定方を入れ替える」

業を煮やした城代家老の指示で、江戸表の勘定奉行を国元から送り出した結果、派手な遣い方をしている留守居役《るすいやく》が槍玉に挙げられ、一人度会が罪を受け、国元へ送り返された。

「面倒なものだな」

結城外記が嫌そうな顔をした。

「なんでも、江戸を出るとき、いずれお前たちも同じ憂《う》き目《め》に遭うと同僚へ言い放ったと申しますので、生《い》け贄《にえ》にされた恨みを持っておりましょう」

「ゆえになんでもしゃべるか」

「はい」

主殿助が首肯した。

「気が進まぬが、まあよかろう。度会を呼べ」

無役の度会と次席家老では格が違う。結城外記は度会の都合を無視できるだけの権を持っている。

「ただちに」

主殿助が出ていった。

「…………」

しばらく結城外記が思案した。

「まさか、誰ぞが馬鹿をしでかしたのではなかろうな。加賀守は上様と争ったのだ。加賀に手出しをするに、今ほどの好機はないが……」

「…………」

その結城外記の呟きを天井裏で、刑部が聞いていた。

「加賀がもめれば、かならず福井にも波及する。福井は加賀を見張るためにあるのだ。見張る相手がいなくなれば、御三家に準ずる家門など不要になる。それがわからぬのか」

結城外記が憤慨《ふんがい》していた。

「格別な家柄がいつまで許されると思っておるのだ」

苛立《いらだ》ちを結城外記が手にしていた書状にぶつけ、握りつぶした。

「……いかぬな」

手のなかで音を立てた書状のしわに、結城外記が吾に返った。

「一服しよう」

結城外記が部屋の隅に置かれている風炉《ふろ》の用意を始めた。

「炭は……まだいけそうだ」

火を熾《おこ》すのは大変な作業であった。一度消してしまうと、結構な手間がかかる。そのため、夏でも火はわずかだけだが保たれていた。

熾火《おきび》となっていた炭一つを中心に炉を組み直し、その上に茶釜を置くと、すぐに湯気が上がり始める。

「茶はいいの。湯気を見ているだけで、心が落ち着く」

眉間の筋を消して、結城外記が己《おのれ》のために茶を点《た》てた。

ゆっくりと二服重ねた結城外記のもとへ、主殿助が顔を出した。

「度会さまがお出《い》でてでございまする」

「ここへ」

結城外記が茶碗を置いた。

「お呼びと伺い、参上つかまつりました。度会治兵衛《じへえ》でございまする」

髷《まげ》をごま塩にした老武士がしばらくして廊下に手を突いた。

「入られよ。茶など進ぜよう」

結城外記が招き入れた。

「次席家老さまに茶をいただけるなど、かたじけないこと」

喜んで度会が客座に着いた。

「……まずは一服なされ」

「ちょうだいいたしまする」

主人と客、二人は作法通りに茶を点て、喫した。

福井藩の祖結城秀康は、豊臣秀吉をして始末に負えないと言わしめたほどの武辺者であった。二代忠直《ただなお》も大坂の陣で一番乗りを果たすなど、代々尚武《しょうぶ》の気風を誇りにしてきた。

しかし、それが福井藩の存続の危機にまで及ぶ事態を引き起こした。

忠直が大坂の陣での手柄を茶道具一つと参議《さんぎ》任官だけで加増がなかったことに怒り、幕府への不満を堂々と表した。結果、忠直は豊後《ぶんご》へ配流《はいる》となり、福井藩は一度改易のあと、忠直の弟忠昌《ただまさ》に譲られた。

このとき、六十七万石が五十万石に減らされたのをきっかけに、福井藩は武から文へと方針を変えた。

忠昌の次男で福井藩四代藩主となった光通《みつみち》はその勢いを加速、家中に茶の湯、詩歌を奨励し、藩士たちも争って教養を身につけた。

もっともそれが尚武の質素な生活を贅沢《ぜいたく》な芸道へと変えさせてしまい、一層《いっそう》福井藩松平家の財政を悪化させる原因となっていた。

「結構なお点前《てまえ》でございました」

「お粗末さまでござった」

形通りの挨拶で、茶の湯は終わった。

「さて、遅くに来てもらったのはな、ちと話を聞かせてもらいたいからじゃ」

結城外記が口調を尊大なものに戻した。

「わたくしにお答えできることでしたら、なんなりとお訊きくださいませ」

度会も背筋を伸ばした。

「加賀藩とのつきあいにかんしてじゃ。そなたは先年まで江戸留守居役をいたしていたであろう」

「はい。留守居役を拝命いたしておりました。加賀さまとは同格組、さらには近隣組としてとくに親しく行き来をさせてもらいましてございまする」

確認された度会が応じた。

「今でも江戸との連絡はあるか」

「……ないとは申しませぬが……」

問うた結城外記に度会が答えを濁した。

「そなたが不満を持っているのはわかる。そなただけが咎めを受けるべきではなく、やるならば留守居役全員職を奪うか、注意だけですませるべきであった。だが、藩の財政はそれをするだけの余裕がなく、留守居役として長く務めたそなたを見せしめにした」

「…………」

　度会が黙った。

「国元に帰ってからも無役でおかれているのもそのせいである。しかし、儂はそれをよろしいと考えておらぬ」

「次席家老さま……」

　結城外記の言葉に、度会が顔をあげた。

「江戸留守居役ほどではないが、国元にもそれに準ずる役目を設けるべきではないか」

「まさに、まさに、仰《おお》せの通りでございまする」

　度会が身を乗り出した。

「とはいえ、一度咎めを受けたそなたをその役に就けるわけにはいかぬ」

「……それは」

　一気に希望を奪われた度会が消沈した。

「指南役ということでどうかと思っておる」

「わたくしが指南役……」

「留守居役とはいろいろしきたりがあるらしいの」

「はい。留守居役だけの慣習がいくつもございまする」

問われた度会がうなずいた。

「さすがに国元に江戸と同じ留守居役を作っても意味がない。それはわかるな」

「はい。国元では他藩といったところで、藩境を接している家か、親戚筋のお家としかつきあいがありませぬ」

度会が同意した。

「国元において、加賀藩以外は、皆当家よりも格下である。どうしても、こちらが尊大になる。それではこれからやっていけまい」

福井藩の周囲には、丸岡《まるおか》藩本多家四万六千三百石、小浜《おばま》藩酒井《さかい》家十二万三千五百石など、譜代名門が多い。しかし、家格、禄高ともに福井藩松平家には遠く及ばなかった。

「今までとは違ったつきあい方を考えるべきであろう」

「さようでございまする」

ふたたび度会が身を乗り出した。

「そこでそなたに国元留守居役を鍛えてやってもらいたい。そうしてその者たちが役立てば、そなたを見直す者も増えよう」

結城外記が誘うように言った。

「是非《ぜひ》、わたくしにやらせていただきたく」

「時期がまだ悪いゆえ、手当などは出せぬぞ」

無給奉仕だと結城外記が念を押した。

「もちろんでございまする。お家のためならば、この度会治兵衛、粉骨砕身いたす所存」

汚名返上の機を与えられた度会が、強く宣した。

「よきかな、その心意気」

結城外記が褒めた。

五

名誉回復の助けをもらった度会が、結城外記の前で姿勢を正し、頭を傾けて忠義を尽くす態度を見せた。

「さて、そのうえで聞くが、江戸表で加賀藩へなにか申し入れなどいたしたか」

あらためて結城外記が問うた。

「……いえ、なにもなかったはずでございまする」

考えた度会が首を横に振った。

「ふむ。なんでもよい、加賀藩について、なにか知っておることはあるか」

「これは江戸の留守居役の間で一時話題になった話でございますが……一年ほど前になりますか、加賀藩留守居役に不祥事がございました」

さらに尋ねた結城外記に度会が告げた。

「どのようなものだ」

結城外記が詳細を求めた。

「留守居役の不祥事は、留守居役の間だけで留めるのが決まり。どうしても留守居役は金と女に触れますゆえ、無理をする者が出て参りまする。役を辞するですんだ者は、よろしゅうございますが、家を放逐《ほうちく》された者はいささか問題がございまする。かつてのつきあいをもとに他家へ迷惑をかけかねませぬゆえ、こやつは放逐したと留守居役の間に回状がだされまする」

「自家の者の動向など、普通は報せぬな」

結城外記が驚いた。

当たり前であった。大名は名誉を大事にする。家臣に不心得者が出たというだけでも恥になる。どこの大名も家臣の不祥事は隠すのが常識であった。

「留守居役には、独特のつきあいがございまする。貸しと借りと申しまして、宴席の回数や、藩の事情を教えてもらった、あるいは教えたなどは、かならず近いうちに精算いたさねばなりませぬ。どうしても返せないときは、金で支払うこともございますので」

「なるほどな、藩を放逐されたことを黙って取り立てに来られては困るの」

すぐに回状が出る意味を結城外記が悟った。

「これも秘密ではございますが、次席家老さまならば問題ありませぬ」

あらたな救い手の機嫌を度会は気にしていた。

「もちろん、他言などせぬ」

結城外記が保証した。

「じつは加賀藩の留守居役で小沢兵衛という者が……」

度会が小沢兵衛の事情を語った。

「ほう、加賀藩を逐電したあと、老中堀田備中守さまの留守居役になった。それはすごいことだの」

聞いた結城外記が目を大きくした。

「堀田備中守さまと加賀前田さまの仲はどうだ」

結城外記が訊いた。

「最後に江戸と遣り取りしたのが、三ヵ月ほど前になりますゆえ、今はどうかわかりませぬが、あまりよろしくはないようでございまする」

度会が述べた。

「であろうな。堀田備中守さまは上様の股肱《ここう》の臣だ。その上様を危うくしかけたのが前田加賀守どのだからな。一つまちがえば、堀田備中守さまは老中を追われていたかも知れぬとあれば、加賀守さまを憎まれておられよう」

大きく結城外記がうなずいた。

江戸では一ヵ月ほど前に、堀田備中守と綱紀の間で手打ちがあり、両家の仲は好転している。もっともこれは表沙汰にされていなかった。堀田備中守は綱吉の寵臣《ちょうしん》であり続けなければならないだけに、その好敵手ともいうべき綱紀と親しくするのはまずいからである。

それもあって、度会のもとには古い事情しか伝わっていなかった。

「なるほどの。それで暴発したのか」

「……なんのことでございましょう」

一人で納得している結城外記に、度会が怪訝な顔をした。

「ふむ。そなたも知っておくべきだな」

結城外記が便利な駒として度会を見た。

「当家が加賀藩の押さえだとはわかっているな」

「それくらいは」

確かめられた度会が首を縦に振った。

「押さえなどと面倒なことをせずとも、加賀を潰せばいいと考えておる連中が藩内におる」

「馬鹿な、今どきそのような行為が許されるはずもなし」

度会があきれた。

「百万石のお墨付きというものを、そなたは存じておるか」

結城外記が話を変えた。

「百万石のお墨付き……いいえ」

言われた度会が首をかしげた。

「そうか。越前も継承でいろいろあったからの。忘れられたとしても仕方ないか」

小さく結城外記がため息を吐いた。

「儂は始祖秀康公と同じ結城の出だ。ゆえに昔のことを失伝せぬようにしておる」

結城外記が前置きを入れてから続けた。

「関ヶ原の合戦の後だ。己を跡継ぎとはせず、弟秀忠公を世子と決められた神君家康公に、秀康公は激怒された」

徳川家康には十一人の男子がいた。長男信康《のぶやす》は天下の名将とうたわれるだけの器量を持っていたが、甲斐武田《かいたけだ》へ内通したとの疑いを織田信長《おだのぶなが》からかけられ、切腹させられた。その後、家康は長く、誰を跡継ぎにするかを公言しなかったが、関ヶ原の合戦で勝利した後、三男の秀忠を世継ぎとした。

これに秀康は不満を持った。秀康は秀忠の兄になるうえ、関ヶ原の合戦で一手の大将を任されておきながら、決戦に遅刻するような弟の下に付くのは嫌だと家康へ直談判した。

だからといって、一度決めたものを変更するわけにはいかなかった。そのようなまねをすれば、家康は簡単に揺らぐ、天下人にふさわしくないと批判を受けかねない。なにせ大坂にまだ豊臣はある。徳川が天下人でなくなっても、困りはしないのだ。

「そなたは結城を継いだ。だから秀忠に徳川の家督がいったのだ」

家康は言いわけにもならない理由を口にした。

「ならば結城から籍を抜き、徳川に復しまする」

当然のように秀康は反論する。しかし、それは受け入れられない。

「そなたをないがしろにしたわけではない。機を見て百万石を与える。それに秀忠にも兄として遇するように、厳しく申し付けておく」

家康は秀康をなんとかなだめた。

「だが、百万石の話が履行《りこう》される前に、秀康さまは病で倒れられた」

結城外記が語った。

家督を継げなかった不満を乱行で晴らした秀康は、南蛮人が日本に持ちこんだ梅毒を遊女から移されて亡くなった。

「その約束がまだ生きていると思っている者がおる」

「馬鹿な、百万石は秀康さまへのもの。今の越前家にはその権を主張するだけの理由がございませぬ」

度会が驚いた。

「皆が、そう思えばよいのだがな。なにせ神君のお墨付きだ。その価値を信じる者は多い」

大きく結城外記が息を漏らした。

「とは申せ、そのまま百万石を寄こせと言ったところで、無視されるのはわかってい
る。越前松平二代忠直さまが、大坂の陣で手柄を立てたときに、一度お墨付きの話を
出して、蹴飛ばされているからの」
「では、忠直さまがご気色を荒くなされたのは……」
「父秀康公の遺産を継ぐべきは吾なりとご自負なされていたからであろうな」
度会の疑念を結城外記が認めた。
「まあ、それがあるから、今まで大人しくしていたのだろうが、この度、加賀百万石
を潰す好機が来た」
「上様と老中堀田備中守さまに加賀藩は憎まれている」
「そうだ。しかし、加賀守さまは二代将軍秀忠さまの曾孫。御上が迂闊《うかつ》な手出しはで
きぬ。ならば越前福井の松平が代わってやれば、上様とご老中さまの歓心を買える。
百万石を潰したならば、その手柄で五十万石をいただいてもおかしくはないだろう。
そう考える浅知恵の者が出た」
「なるほど。それで先ほどわたくしに加賀藩となにかなかったかとお訊きになられた
のでございますな」
度会が読み取った。

「そうだ。じつは、加賀藩から留守居役の瀬能数馬という御仁が、福井まで来ての。藩庁を訪問したいと申してきたのだ」

「瀬能数馬……聞いたような名前でございますな」

「知っているのか。どのような者だ」

思い出そうと目を閉じた度会を結城外記が急《せ》かした。

「しばし、お待ちを」

度会が手を上げて、迫ってくる結城外記を抑えた。

「……思い出しましてござる」

少しして度会が目を開けた。

「たしか一年ほど前の手紙にございました。加賀藩の新しい留守居役で、かなり若いと」

「若い者に留守居役が務まるのか」

「あり得ませぬ。留守居役は、世間を知り尽くした老練な者が任じられるもの。なかなか経験の浅い若者には難しい役目でございまする」

度会が否定した。

「ふむ。なぜ、その者が留守居役に」

「……あっ」

結城外記のさらなる質問に度会が声をあげた。

「手紙に書いてございました。加賀の本多さまの娘婿に選ばれた男だったはず」

「なにっ。あの堂々たる隠密の本多か」

結城外記が驚愕《きょうがく》した。

「むううう」

顔をしかめて結城外記が唸《うな》った。

「堂々たる隠密と言われている本多家だが、五万石だぞ。その娘の婿に選ばれたとあれば、よほどの名門か、かなりできる人物かのどちらかだ」

「はい」

結城外記の言いぶんに、度会も同意した。

「それが来た。今まで一度もなかった参勤の報告と」

「他に目的がございましょう」

度会も疑念を感じていた。

「あるだろう。いや、ある。その用件もわかっている」

結城外記がため息を吐いた。

「用件がおわかりだと……」

ならばなぜ己を呼び出したのか。度会が怪訝そうな顔をした。

「確認したかったのだ。普通の使者であったときのことも考えてな。だが、おぬしの話を聞いて、まともな使者ではないとわかった」

「…………」

度会が小さく頰《ほお》をゆがめた。

「今更《いまさら》逃がさぬぞ」

結城外記に従おうとしたことを後悔し始めた度会に釘を刺す。

「に、逃げるなど……」

度会が慌てて否定した。

「おぬしも気付いているだろう。加賀をどうにかして当家を繁栄に導こうと考えている者がおることは」

「…………」

「黙ったというのは、肯定と同義じゃぞ。留守居役をしていたとは思えぬ愚かさじゃな。これはちと早まったかの」

結城外記が度会を見限るかと悩んだ。

「ぞ、存じておりまする。江戸表では、そのような動きが見られなかったもので、国元に戻ってから初めて知ったような有様でございまする」

度会が応じた。

一度与《くみ》すると言った以上、もう鞍替《くらが》えは難しかった。今日、度会が結城外記の呼び出しを受けていることは、もうすでに広まっている。これだけで度会は結城外記の下に付いたと見られるのだ。そうしておいて密かに寝返っておくという手もあるが、次席家老を務めるほどの結城外記の目をごまかしきれるとは思えない。もし見抜かれでもしたら、名誉回復どころか、首と胴が泣き別れになる。

「その馬鹿どもがなにかしでかしたのだろう。それへの苦情のために使者が来た。そう考えるのが普通である」

今まで一度も出したことのない参勤交代の事情説明の使者、それをそんなものかとすんなり受け取るようでは、藩を預かる執政として話にならない。裏の裏を読み、適切な対処をしてこそ生き抜いていける。

「ごくっ」

度会が音を立てて唾を呑《の》んだ。

「内容が内容だけに、大声で非難はできまい。当家がやったという証《あかし》もないはずだ。

あっては困る。それこそ加賀に大きな借りを作ることになる」

「はい」

貸しと借りは留守居役の得意とするところである。借りはかならず返さなければならず、貸しは多目に取り立てなければならない。それが大名同士の遣り取りなのだ。

「万一、なにかを握られていたら……」

おずおずと度会が問うた。

「…………」

結城外記が黙った。

「……次席家老さま」

沈黙に耐えかねた度会が声をかけた。

「なにもない。なにもあってはならぬ。あってはならぬものが出てきたときは、なかったことにするしかあるまい」

「なかったことにする……まさか、使者を」

口を開いた結城外記に、度会が蒼白になった。

「たわけ。加賀藩からの正式な使者に何かあってみよ。それこそ、証を与えることになってしまうではないか」

結城外記があきれた。

「証をどうやって引き取るか。それを考えねばならぬ。多少の譲歩をしてでもな」

「譲歩となると、かなり厳しいものになりまする。殿と加賀守さまは同格、江戸城中での座敷も同じ。顔を合わせられることは多うございまする。うかつな交渉で相手に不満を抱かせたら、直接、殿に加賀守さまが申し入れをなさるやも」

度会が苦い顔をした。

「そのようなことをされては、留守居役は全員切腹いたさねばなりませぬ」

留守居役は、対外交渉を一手に引き受けている。いろいろな根回しなどもあるし、互いの利益も考えなければならない。それを調整し、粘るところは粘り、引くところは引く。こうして損益にさほどの差がでないようにするのが留守居役の仕事であり、吉原へ行くなども交渉をうまくすすめるための手段でしかない。

それが当主同士の話で決められてしまえば、留守居役はそれに従うしかなくなる。

「殿はまだお若い。加賀守さま相手ではいささか心許《こころもと》ない」

結城外記も悩んでいた。

「一方的な要求を殿に突きつけられるよりは、こちらで落としどころを探るほうがましであろう」

「たしかに」

度会が同意した。

「加賀藩からの使者、それがなにを持って来るのか、なにを求めてくるのか。応対は、その内容を見てからになる」

「まさに」

結城外記の言葉に度会が目つきを厳しいものにした。

「同席を許すゆえ、相手がなにを考えているか、見抜け。留守居役を長く務めた、おぬしの経験が頼りである」

「全身全霊をこめていたしまする」

重い任に、度会が気を引き締めた。

第三章　長年の確執

一

老中の権限は、就任したての将軍を凌駕《りょうが》する。

将軍としての権威を振りかざし親政をしようにも実際に動く役人たちが、面従腹背するからである。

とくに老中からの引き立てを受けてその座にある勘定《かんじょう》奉行を始めとする役方の連中の結束は固い。

「どこどこに寺社を建てるゆえ、金を工面いたせ」

将軍がこう命じても、

「まずは普請《ふしん》奉行からの見積もりをいただかねば、いかほど用意すればよいかがわかりかねまする」

　と他職へ責任を振って、日延べをする。

「まだか」

　と将軍が急《せ》かしてきても、

「手配はいたしておりまするが、なにぶんご台命《たいめい》にふさわしいものをとなりまする と、檜《ひのき》は木曾《きそ》、漆《うるし》は会津《あいづ》から取り寄せねばなりませぬ。その手配に手間がかかってお りまする。今少しお待ちを」

　将軍の願いとなれば最高のものを使わねばならないとの理由を出して、やはり決済 を先延ばしにする。どちらも正当な言いわけだけに、将軍でも咎《とが》めようがない。

　役人たちにとって、ありがたいのは将軍ではなく、己《おのれ》を引きあげてくれた老中なの だ。将軍の命《めい》に逆らうことは許されないが、言い逃れできる形を整えたうえでの遅滞 は問題がないのだ。この状態は、将軍がかなり長くその座にあり、己の好む者を出世 させていけるようになるまで続く。

「加賀《かが》はどうなる」

　綱吉は、寵臣《ちょうしん》の堀田備中守《びっちゅうのかみ》を呼んで尋ねた。

「今はこのままでお願いをいたしたく存じまする」

堀田備中守が綱吉を宥《なだ》めた。

「しかしだぞ。このままでは、躬《み》の跡を加賀守が継ぐことになりかねぬではないか」

綱吉が苛立《いらだ》った。

「それはございませぬ。上様には徳松《とくまつ》さまがおられまする。その徳松さまを西の丸へお迎えいたしました。西の丸の主《あるじ》こそ、次の将軍家でございまする」

穏やかな口調で、堀田備中守が綱吉を落ち着かせようとした。

「徳松はまだ二歳ぞ。武家の統領は務まるまい」

綱吉がまだこだわった。

徳松とは綱吉の長男のことだ。愛妾《あいしょう》お伝《でん》の方《かた》との間に生まれた徳松は、父綱吉が四代将軍家綱《いえつな》の世継ぎになり、西の丸へ入った跡を継ぎ、館林《たてばやし》藩主となった。

もちろん二歳の子供に藩主など務まるはずもなく、そのまま館林藩江戸藩邸でもある神田館《かんだやかた》に在住していたが、綱吉の将軍就任を受けて、昨年十一月二十七日世継ぎとして江戸城西の丸へと移った。結果、館林藩は廃藩、家臣たちは身分に応じ、そのまま譜代大名、旗本、御家人として移籍している。

先代家綱と違って、五代将軍となった綱吉には、跡継ぎたる男子がいた。それが徳松である。

「徳川家には七歳にならざる者は家督を継ぐに能《あた》わずとの決まりがあろう」

「それはたしかに」

堀田備中守も認めざるを得なかった。

かつて幕府は大名たちの謀叛《むほん》を怖れ、できるだけその力を削《そ》ごうとしてきた。その一つの手段が、相続の制限であった。

大名を始めとする武士は、領地、知行を子供や兄弟に相続させられる。これを許さなければ、代々仕えてくれる忠義な譜代というものはできなくなる。御恩と御奉公という武士の不文律、その御恩に相続を認めるというのが含まれている。

いや、だからこそ命を懸けて尽くせるのだ。己が死んでも、領地は、知行は子供に与えられる。そう信じているからこそ、戦場で主君を守るための犠牲になれる。

己が死ねば、領地、知行は取りあげられ、家族が路頭に迷うとわかっていれば、誰も忠義を捧げてはくれない。それこそ、負けそうだなと感じた瞬間、敵方に寝返りを打つ。

武士が台頭してきて以来五百年近く続いたこの決まりを、徳川は無視はしなかったが、軽視した。

跡継ぎがいない者への相続を禁止した。

たしかに跡継ぎがいなければ、譜代の家臣の系統は絶える。主君として、そこに縁もゆかりもない者を入れるわけにはいかない。家臣たちの領地、知行は主君の持っている土地から分割されたものであるので、家臣でなくなれば収公《しゅうこう》するのは当然であった。

それを徳川は厳格にした。従来だと、死んでからでも跡継ぎを立てることは許されてきた。戦国ではいつ当主が討ち死にするかわからないだけに、そのあたりを厳密にできなかったというのもあるが、若い当主が死んだ後、弟が家督を継ぐなどは当たり前として認められてきた。

その特別な事情というのを、天下泰平を理由に徳川は勘案しなくなった。当主がどれほど若かろうとも、昨日家督を継いだばかりであろうとも、幕府へ世継ぎを届けておき、将軍家への目通りをすませていないと、相続を認めなかった。

これは家康の息子といえども適用され、関《せき》ヶ原《はら》の合戦で島津豊久《しまづとよひさ》を討ち取る大手柄を立てながら、そのときの戦傷で亡くなった四男忠吉《ただよし》の尾張《おわり》藩も召しあげを喰《く》らっている。

それがあることもあり、三代将軍家光までは、これを厳しくおこなってきた。そのなかに幼すぎる跡継ぎでは国が保てないという理由での断絶、あるいは減封があり、おおむね七歳が分かれ目とされていた。

四代将軍家綱が就任する直前、世にあふれた浪人が由井正雪を首魁《しゆかい》として蜂起しようとした慶安《けいあん》の役があったことで、末期養子を禁じるこれらの法度《はつと》はかなり緩くなっていたが、だからといってなくなったわけではなかった。

「館林が徳松に譲られたのは、躬が死んでからの相続ではないからだ」

綱吉は館林藩主から将軍家へと籍を移した。言わば本家の血筋を継ぐという大功を立てたに等しい。その褒美《ほうび》として二歳の息子に館林二十五万石の相続が認められた。

「だが、今度は違う。もし、徳松が七歳となるまでに躬に何かあれば……」

「上様。不吉を口になさってはなりませぬ」

もし己が死んだらと言いかけた綱吉を、堀田備中守が制した。

「う、そうであった。気づかぬことをいたした」

綱吉が詫《わ》びた。

「そのようなご心配は無用でございまする。上様のご寿命は万歳、これからまだまだご治世は続きまする」

「ああ、さようである」

寿《ことほ》ぐ堀田備中守に、綱吉が喜んで同意した。

「それに加賀守には、しっかりと釘を刺してございまする。決して加賀は、将軍を望みませぬ」

堀田備中守が断言した。

「そうか、それならばよいのだ」

五代将軍綱吉の立役者である堀田備中守に宣せられてはそれ以上は言えない。綱吉も引いた。

「ご苦労であった。下がってよい」

「ははっ」

綱吉が手を振り、堀田備中守が御座《ござ》の間を出ていった。

「上様」

二人の様子を御座の間下段の片隅で見守っていた小姓番《こしょうばん》が堀田備中守の姿が見えなくなるのを確かめてから、綱吉に声をかけた。

「なんじゃ」

「大久保加賀守さまにお話をなされてはいかがでございましょう」

小姓番が綱吉に勧めた。

「大久保に……なぜじゃ」

綱吉が怪訝《けげん》な顔をした。

「大久保家と本多家には長年の確執がございまする」

「両家の確執……」

綱吉が首をかしげた。

「かつて本多佐渡守《さどのかみ》家は家康さまの意をよく汲《く》んだ臣でございました。そして大久保家は秀忠《ひでただ》さまの傅育《ふいく》」

「なるほどな。先代から今代《きんだい》への継承で力を失う本多家と、今代の寵臣《ちょうしん》として勢力を振るおうとした大久保の争いか」

幕府儒学者林羅山《はやしらざん》をして、ご一門でなければ吾《わ》が学統をお継ぎ願ったものをと感心させたほど綱吉は聡明である。小姓の一言で、その裏を読んだ。

「だが、それは大久保の勝ちで終わったのであろう。大名で本多佐渡守の血を引く者はおるのか、躬には覚えがないぞ」

綱吉が問うた。

「はい。大名にはございませぬ」

小姓が首肯した。

「旗本に一家ございますが……」

「では、相手になるまい。なにより、大久保加賀守に加賀の前田のことを訊《き》く意味がわからぬぞ」

「本多佐渡守さまの次男の系統が加賀藩で筆頭家老をいたしておりまする」

先祖は家康の側近でも、今は外様大名の家臣、幕府から見れば陪臣《ばいしん》でしかない。数百石の小姓よりも格下になる。

「それも五万石という大禄をもらっておるとか」

「筆頭家老で五万石だと……」

聞いた綱吉が驚いた。

「……下手な譜代大名よりも多いではないか」

「はい」

あきれる綱吉に小姓が首を縦に振った。

「家康公がご存命のおり、大久保を放逐《ほうちく》したのが本多佐渡守で、秀忠公になってから復活した大久保家が、本多家を潰《つぶ》した」

「…………」

無言で小姓が肯定した。

「ふん、大久保加賀守としては、本多のやり返しが怖いか」

綱吉が笑った。

「いかがでございましょうや。大久保加賀守さまをこちらへ」

手柄顔で小姓が綱吉の表情を窺った。

「そなた、名は」

「小姓組神田参《さん》ノ丞《じよう》と申しまする」

「参ノ丞とな。よかろう、覚えておくぞ」

「かたじけなき仰《おお》せ」

将軍に名前を覚えてもらう。これがどれほどの栄達《えいたつ》に繋《つな》がるか、三代将軍家光の寵《ちよう》臣《しん》松平伊豆守《いずのかみ》、阿部豊後守《ぶんごのかみ》を見ていればわかる。数百石から万石の大名になるのも、夢ではないのだ。

「では……」

「待て」

腰をあげようとした神田参ノ丞を綱吉が止めた。

「加賀の本多は陪臣だが五万石であろう。江戸に屋敷を持っておるか存じおるか」

「あいにく、存じませぬが。それがなにか」

問われた神田参ノ丞が戸惑った。

「本多の屋敷を探せ。そして、そこへ参り、躬が呼んでおると申してこい」

「上様がお呼びになる。本多家のどなたと」

神田参ノ丞がますます困惑した。

「わからぬか、本多の今の当主じゃ。躬の命であるとして密かに出府させよ」

「それは……」

予想していない命に、神田参ノ丞が絶句した。

「本多ならば、前田のことをよく知っておるだろう。陪臣から直臣へ取り立ててくれると申せば、加賀を捨てようが」

「あっ……」

神田参ノ丞が驚愕《きょうがく》した。

「わかったならば、屋敷の場所でも探して参れ。普請奉行にでも問えばわかろうほどにな。わかっておろうが、堀田備中守にも大久保加賀守にも知られぬようにいたせ」

「ただちに」

手を突いた神田参ノ丞が御座の間から下がった。

「一端《いっぱし》の策士を気取ったのだろうが、まだ青いの」

御座の間上段で綱吉が口の端をゆがめた。

「堀田備中守よ。そなたが躬の足下を固めようとしているのはわかっている。分家から入った躬に幕臣たちが心服しておらぬこともわかっておる。その段階で騒動を起こすのはまずいともな。だが、躬は不安でならぬのだ。躬が継ぐべき座、躬の子が受け継ぐべき地位を、前田加賀守綱紀に奪われるかとな。加賀の前田から秀忠公の血が抜ければそれだけで、躬は安心できる。浪人を増やす気はないゆえに加賀は潰さぬ。ただ、綱紀を排せればよい」

綱吉が独りごちた。

「将軍を継ぐのは、末代まで躬の血筋でなければならぬ。兄のように子もなく、嫌っていた弟に譲るはめになるなど、ごめんだ」

暗い目で綱吉が呟《つぶや》いた。

二

結城外記《げき》との会談を数馬は、その屋敷で迎えようとしていた。

「加賀前田家江戸留守居役《るすいやく》瀬能数馬でござる。本日はご多用のところ、お手間を取らせましたことお詫びいたしまする」

まずは礼儀として名乗り、時間を作ってくれたことへの感謝を数馬は口にした。

「いえいえ。ようこそお出で下された。歓迎いたしまする」

大仰《おおぎょう》に結城外記が首を左右に振った。

「今年は参勤が遅くなられましたようでございますな」

最初に結城外記が口火を切った。

「そのことについて、殿より説明をしてくるようにと申しつかっておりまする」

数馬が姿勢を正した。

「お伺いいたしましょう」

結城外記が軽く頭を傾けた。

直接の主君ではないが、百万石の主《あるじ》である綱紀への敬意である。

「……ということでございまする」

数馬が語り終わった。

「ごていねいにありがとう存じまする。越前《えちぜん》福井松平家といたしまして、ご事情了解をいたしましてございまする」

結城外記がうなずいた。

「かたじけなし」

もう一度数馬は礼を述べた。

そもそも帰国が遅れた事情など、隣藩へ報せずともよい。事情は幕府が知っており、その許可が出ているのだ。たとえ、越前松平家が加賀前田家を監視する役目を負っているとしても、それを理由に咎め立てたり、なにかしらの行動に出ることはできない。

数馬の使者としての役目は、はっきりいって無駄であった。

「さて、ご使者の趣《おもむき》は伺いましてござる」

結城外記が表情を厳しいものに変えた。

「他に御用をお持ちでございましょう」

「…………」

それに対し、数馬は無言で見つめ返した。

「おい」

結城外記が手を叩《たた》いた。

「お呼びでございましょうか」

すぐに客間の襖《ふすま》が開き、結城家の使用人が顔を出した。

「あらためて呼ぶまで、誰もここに近づけてはならぬ」

「それは……」

主君からの他人《ひと》払いに、家臣が数馬へ目をやって困惑した。

「安心いたせ。ここで儂《わし》を殺したら加賀藩は終わる。それくらいのこと、わからぬようでは留守居役など務まらぬ。のう、瀬能氏」

結城外記が数馬に同意を求めた。

「いかにも。仰せの通りでござる」

数馬は首肯《しゅこう》した。

「……はい」

そこまで言われたらしかたがない。家臣が渋々といった顔でうなずいた。

「これでよろしいかの」

話してくれるだろうと、結城外記が確認した。

「……けっこうでございまする」

数馬は一瞬考えて認めた。

「参勤で国入りの日、当家の主を狙った者がおりましてございまする」

「……やはり」

結城外記が嘆息した。

「やはりとは、聞き捨てなりませぬぞ」

数馬が嚙《か》みついた。

「承知してござる」

目を逸《そ》らさず、結城外記が応えた。

「当家の意義をあらためてお話しいたしまするか」

「不要でござる」

確かめる結城外記へ、数馬は首を横に振った。

「安心つかまつった。そこから話をせねばならぬかと思えば、長くなりまするゆえ」

結城外記が安堵《あんど》の息を漏《も》らした。

「福井はもの成りが悪うござる」

「…………」

いきなり違う話になったことに数馬は黙った。

「お国と同じく、越前は寒うござる。冷害はしょっちゅうでござる」

「ご一緒でござる」

数馬もうなずいた。

越前も加賀も一年の半分は雨と言われるくらい晴れの日が少なく、冬は厳しい。どうしても米の穫《と》れ高《だか》もよくない。

「それがなにか」

話の意図を数馬は尋ねた。

「不安なのでござるよ、皆。このまま越前にいていいのか。いつか飢饉《ききん》で酷《ひど》い目に遭《あ》うのではないかと」

「それはわかりまするが」

米の出来は武士に直接影響してくる。

藩から決められた石高を現物でもらっている者はいい。百石なら百石が、年間なんどかに分けて支払われる。

しかし、領地を与えられている者は違った。百石の米が穫れる土地を知行している者は、その穫れ高の半分を年貢として取れる。つまり、豊作であれば五十石の年貢が六十石になったり、百石になったりする。代わりに不作であれば五十石が二十石に、下手をすればまったくなしというときもあった。

まだ稗《ひえ》や粟《あわ》、蕎麦《そば》などを栽培できる百姓よりも、武士のほうがその年の作柄を気にしていた。

「なぜ、福井なのか。徳川の一門、それも神君家康公のご次男を祖とする松平家が、このような不安を持たねばならぬのは、ひとえに加賀前田百万石があるからだ。前田家が江戸を襲うときは、その背後を窺い、前田家が京を狙っているときは、その頭を抑える。それだけのために、当家は福井にあらねばならぬ」

「…………」

語る結城外記に、瀬能は無言であった。

「加賀さえなければ、当家はもっともの成りのよいところへいける。石高を合わせるなら駿河《するが》がいい。ご一門としてふさわしい。あるいは、結城家の出である下総《しもうさ》に帰れれば……」

そこで結城外記が一度言葉を止めた。

「……そう思っている者がおるのはたしかでござる」

「なるほど」

数馬は納得した。

結城外記は綱紀を弓で狙った者が松平家の者だとは一切認めていない。ただ、淡々と福井藩松平家の内情を語っただけであった。

「とは申せ、当家には傷がございまする」

「忠直さまの……」

数馬は最後まで言わなかった。

「はい。その傷があるかぎり、よき場所への転封は難しゅうございまする。それだけになんとか手柄をと求める者がでまする」

「手柄を求めるのは武士として当然のことでございますが……はたしてそれが手柄になりましょうや」

馬鹿なまねを幕府は認めまいと数馬は告げた。

「そこでございまする。拙者《せっしゃ》としては波風立てず、この地を父祖の眠る場所として大切に守っていくべきだと考えておりまする」

結城外記が己は急進派ではないと述べた。

「前田家といたしましては、近隣の方々と親しくお付き合いをいたしたいと思っておりまする。そのためにわたくしが派遣されました」

「はい」

結城外記も数馬の話に隠された真意に気づいた。

「では、これからも近隣として、同格として親しくお付き合いをいただきますよう」

「こちらこそ、よろしくお願いしまする」

数馬の言葉に、結城外記が応じた。

今回のことを表沙汰《おもてざた》にしないと数馬は言い、結城外記は藩内の急進派を抑えると約束したのだ。

「これで御用はおすみでございましょうか」

「はい。すみましてござる」

問うた結城外記に、数馬は微笑《ほほえ》んで見せた。

「殿へのお目通りは求められませぬので」

結城外記が問うた。

加賀の見張りという役目上、綱紀が帰国しているときは、越前松平左近衛権少将《さこんえのごんしょうしょう》綱昌も国元にいなければならない。当主が現場にいないと、いざというときの対応が遅れる。さすがに戦《いくさ》となれば、江戸へ兵を集めてよいか、攻めてきた加賀藩を迎え撃っていいかなどを問い合わせずともよいが、それでも当主不在では藩が一致して動けないのだ。

「こちらから攻めて出て、相手の出鼻をくじくべきである」

「国境を固めて、援軍の到来までそこで前田を防ぎとめることこそ良策」

「いや、戦いは国を荒らす。なんとしてでも前田と和睦をし、ことを荒立てずに収めなければならぬ」

藩主がいなければ、かならず異論は出る。互いの出世などの利害が絡むだけに、論は一致することはない。そうなれば初動が遅れ、取り返しのつかないことになる。

これはなにも攻められる側だけの問題ではなく、攻める側でも同じなのだ。攻め口をどこにする、誰を先手にするかなどでもめていれば、勝てる戦でも勝てなくなる。

それを防ぐため、当主は国元にいなければならなかった。

「畏《おそ》れ多い。わたくしごときがお目通りをするべきではございませぬ」

数馬は松平綱昌との面会を辞退した。

「きけば、貴殿はもとお旗本であったとか」

「よくご存じでございますな」

ちゃんと調べはついていると言った結城外記に、数馬は素直に感心して見せた。

「わたくしではなく、祖父が珠姫《たまひめ》さまのお輿《こし》入《い》れのお供をいたしました」

まちがいというほどのことでもないが、数馬は訂正した。

「さようでございましたか。しかし、お家が徳川家にご縁をお持ちならば、お目通りを願われれば、かならずやお認めになりましょう」

「…………」

そこまで言われた数馬は思案した。

「いかがでございましょう。拙者から殿へお話をいたしましょうほどに」

「ありがたいことでございますが、お忙しい左近衛権少将さまにお手間をお取りいただくのは心苦しく」

数馬は礼儀としての遠慮を口にした。

「いつ頃お戻りになられますかの」

用がすんだならさっさと加賀へ帰るのかと結城外記が問うた。

「こちらに母の実家がございますので、そちらを訪ねてからと、思っておりまする」

「母御の実家が、福井に」

「さようでございまする」

驚く結城外記に数馬はうなずいてみせた。

「ならば、そちらをお訪ねになられている間に、殿のご都合を伺いましょう。それで日が合わなければ……」

「お手数をお掛けいたしまする」

数馬は結城外記の好意に甘えた。

「いやいや、当然のことでござる。ところでご実家はどちらかの」

「神明《しんめい》神社の東側だとか。藤森《ふじもり》家でございまする」

訊かれた数馬は、母から聞かされた実家の位置と名前を告げた。

「おおっ。藤森どのか。よく存じておりまする」

「そちらに滞在できるかどうかはわかりませぬが、お報せは藤森へいただければ伝わるようにいたしておきまする」

手を叩いた結城外記に、数馬が述べた。

宿に泊まると金がかかる。一度も会ったことのない親戚でも、泊めてもらえれば宿代は助かる。ただ親しくもない者のところで遠慮しながら数日過ごすのは、数馬としては面倒でしかない。が、だからといって泊まっていけと勧められたときは、従うのが礼儀でもある。

「承知いたしてござる」

結城外記が首肯した。

「この後すぐに向かわれるならば、当家の者を案内に付けまする」

「それはありがたし」

数馬は結城外記の気遣《きづか》いに感謝した。

藤森家は越前松平家に仕えて四代になる譜代である。石高は六百石と瀬能の千石よりも少ないが、四十五万石の越前松平での席次は高い。千石もらっていても、百万石の前田家では凡百の平士でしかない瀬能家よりは格上であった。

「おぬしが須磨《すま》の産んだ子か」

結城外記の家士に連れられてきた数馬を前に、祖父に当たる藤森家当主陣衛門《じんえもん》が尋ねた。

「はい。瀬能数臣《かずおみ》が長子数馬でございまする」

初見の祖父に、数馬はていねいに名乗った。

同じ藩内ならば、家督を継ぐまで外祖父に会ったことがないなどはありえなかった。出産の祝いはまだしも、加冠や、家督相続の祝いなどで顔を合わす。

だが、これが藩境を跨《また》ぐと大きく違った。

武士は主君に仕えているものである。いざというとき、側《そば》にいなければ武士は役に立たなくなる。参勤交代という幕府の決めた制度は仕方ないにしても、個人で旅などそうそうできるものではなかった。

旅の目的を藩庁へ届け出、その許しを得なければ藩領のなかでも移動はできなかった。ましてや藩境を越えるなど論外になる。いざ鎌倉の用に間に合わぬというより、主君を見限って他藩へ出奔《しゅっぽん》すると取られる。忠義に根本を置く武家の世で、出奔は謀叛に次ぐ大罪であった。捕まれば切腹ではなく、斬首が決まりであり、通常は上意討ちの追っ手が出される。

武士のほとんどは参勤の供をしないかぎり、生涯旅を経験しないのだ。いかに娘が嫁ぎ先で孫を産んだとはいえ、顔を見にいくことはできない。同時に、孫が祖父の死に目に会うためと藩境を越えることもできなかった。

「顔を見せよ」

「…………」

言われて数馬は顔を上げた。

「……ふうむ。目元、いや、口元が須磨に似ておるかの」

顎《あご》に手を当てながら、陣衛門が呟《つぶや》いた。

「耳がそっくりだと、父には言われまするが」

数馬が応じた。

「耳……おうおう、まさに須磨の耳じゃな。須磨の耳ということは藤森の耳よ。ほれ、儂《わし》の耳も少し尖《とが》っておろう」

陣衛門が、右耳を突き出して見せた。

「まさに、さようでございますな」

数馬も納得した。

こういった遣《や》り取《と》りは、空いていた距離を一気に縮めた。祖父と孫は、打ち解けた口調で互いのことを話した。

「儂はそろそろ隠居したいと思っておるのだがの。なかなかお許しが出ぬのだ」

二十年以上郡奉行《こおりぶぎょう》の任にある陣衛門は手慣れた役人であり、藩庁としても安心していられるのだろう。六十歳をこえても隠居の許しは出ていなかった。

江戸における辻番《つじばん》のように体力と武力を求められる役目には、幕府から六十歳以下でなければならないという決まりが下されているが、そうでなければ藩主や執政たちの考え一つで藩士の隠居は決まった。

「そろそろ茶の湯でも楽しめ」

役に立たない、あるいはかえって害悪であるといった者には、早々と藩主や執政が隠居を勧める。

「息子を召し出す」

もっと酷《ひど》い場合は、勧告なしに強制で家督を譲らせる。

その逆に代わりがいない人材であれば、本人がいくら隠居を願っても、慰留される。

禄《ろく》を払っているのは、藩なのだ。藩士の出処進退は、大名家のつごうで決められた。

「それはおじいさまの手腕が認められてのこと。誉《ほま》れと存じまする」

孫として誇らしいと数馬は陣衛門を持ちあげた。

「うむ」

褒《ほ》められた陣衛門がうれしそうに頰《ほお》を緩めた。

「たしかに胸を張るべきなのだがの。佐治介《さじのすけ》が哀れでの」

佐治介とは、須磨の弟で藤森家の跡取りである。

「もう四十だというに、いまだに部屋住みじゃ。佐治介と同年代の者は皆それぞれに一端《いっぱし》の役目をしているのにだ」

陣衛門が眉間《みけん》にしわを寄せた。

「叔父御どのの出番もかならず参りましょう」

「そうであってくれねば、父として寂しいわ」

数馬の慰めに陣衛門が首を左右に振った。

「そういえば、数馬は何役を務めておるのだ。福井へ来たということはお使者番か」

陣衛門が訊いた。

「参勤のお供で国入りをいたしましたが、わたくしは江戸留守居役《るすいやく》を拝命いたしておりまする」

「留守居役とは……」

世慣れた老練の藩士でなければ務まらないのが留守居役であった。陣衛門が驚くのも無理はなかった。

「まだまだ足りておりませぬ」

力不足だと数馬は認めた。

「じゃの。若いうちはお役目だけでなく、いろいろと戸惑うことも多かろう。ただ、ただ、お家大事に務めることこそ肝要じゃぞ」

年長者としての教訓を陣衛門が口にした。

「はい。微力ながら、誠心誠意お仕えする所存でございまする」

数馬が応じた。

「よきかな。その覚悟を辞めるまで持ち続けねばならぬぞ。ところで、数馬は独り身か。ならば、よい娘がおるのだが。いや、隣家の娘での。幡多《はた》玄蔵《げんぞう》といい、組頭で八百三十石を食《は》んでおる。その娘史乃《しの》は今年で十六になるが、なかなかの器量よしじゃ」

「祖父さま」

身を乗り出した陣衛門の前に数馬は手を出して制した。

「じつは先日、嫁を迎えましてございまする」

「……なんと」

「五日ほど前に、同藩の者の娘を」

数馬は妻帯したと告げた。

「なんと、それはめでたいではないか。で、相手はどのような家の娘じゃ」

陣衛門が興味を見せた。

武家にとって婚姻《こんいん》は、家のためにする。家と家の結びつきを強くし、子をなして家を継いでいく。そのために婚姻をかわすのだ。家と家のものになるだけに、相手の容姿や年齢、気性などに異は出せない。代わりに好みの女を側室や妾《めかけ》として置くことが許される。これが武家の婚姻であった。

「……本多政長どのが娘、琴でございまする」

名前を出すのを一瞬ためらったが、祖父にまで隠すことではないと数馬は話した。

「本多政長どの……あの本多さまか」

陣衛門が驚愕《きょうがく》した。

「あのがなんのことかはわかりませぬが、加賀藩筆頭宿老本多政長どのでございまする」

「むううう」

うなずいた数馬に、陣衛門がうなった。

「本多さまといえば、五万石であろう」

陣衛門が目を剝《む》いていた。

「たしかにさようでございますが、妻は吾《わ》がもとへ輿入れして参りましたので」

少しだけ数馬は不満を感じた。

「いや、なんと申せばよいのか……」

陣衛門が戸惑っていた。

「どういう経緯があったのだ」

千石は大きいが、五万石に比べるまでもない。あまりに差がありすぎる。よほどなにかなければ、縁は成りたたないと考えるのが普通であった。

「一度、本多どのにお屋敷までお招きいただき、そこで紹介いただいたのでございまする」

「お招きされた……」

「もとが同じ徳川の家人というところからでございました」

首をかしげた陣衛門に、誰もが納得する理由を数馬は述べた。

「なるほどの」

それでも娘を嫁にやる理由にはならない。なにかあると感じた陣衛門が納得した振りで引いた。

「で、今日は泊まっていけるのであろうな」

話を陣衛門が変えた。

「お世話になってよろしゅうございまするか」

始めは面倒だと思っていたが、話をしていると身内というのは砕けてくる。数馬は世話になると答えた。

寒いところは酒がいい。冬に身体《からだ》を温めなければならないという理由もあり、福井も酒造りが盛んであった。

「どうだ、福井の酒は」

「うまいと思いまする」

自慢げな陣衛門に、数馬は賛意を示した。

「加賀はいかがかの」

叔父の佐治介が問うた。

「よいところでございまする。一度お訪ねください」

数馬は心の底から来訪を願った。

「隠居すれば、行かせてもらえよう」

陣衛門がうれしそうに言った。

隠居すれば、藩の許可を待たず旅することもできた。

早めの夕餉《ゆうげ》は初めて会う者同士を心地よくしていた。

「殿」

藤森家の家士が顔を出した。

「どうした」

当主である陣衛門が、用件を促した。

「お城よりのお使者でございまする」

「なにっ、お城からだと」

陣衛門が慌てた。

「着替える。数馬、しばらく失礼する。佐治介、後を任せる」

使者に会うには相応の格好をしなければならない。急いで陣衛門が着替えに立った。

「……なにがござったのかの」

あたふたと出ていった父の背中に、佐治介が怪訝な顔をした。

「たぶん、拙者のことでございましょう」

申しわけなさそうに数馬が頭《こうべ》を垂れた。

「数馬どののこと……」

佐治介が一層《いっそう》戸惑った。

「左近衛権少将さまへのお目通りについて、結城外記さまがお骨折りをくださってありまして……」

「殿にお目通りを」

数馬の話に、佐治介が目を剝いた。

目見《めみ》え以上の身分でも、主君とそう簡単には会えるものではなかった。いや、家老や組頭など、直接藩政にかかわっている者でなければ、まずない。参勤お目見えや、年始の祝賀でも、主君と同じ座敷に入ることはなく、遠く上座の綱昌を見るのが精一杯で、話をするなどありえない。

「加賀前田家からの使者としてでございますよ」

形式だと数馬は笑った。

「あ、ああ。そうでござるな」

叔父とはいえ、部屋住みの身である。佐治介はていねいな言葉遣いであった。

「……数馬にじゃ。明日の朝、四つ（午前十時ごろ）に登城せよとのご諚《じょう》である」

帰って来た陣衛門が言った。

「たしかに承りましてございまする」

数馬が頭を下げた。

「それと、目通りが終わった後、屋敷へお寄りくだされと結城外記《げき》どのからも言伝《ことづて》がある」

「わかりましてございまする」

目通りのことを聞きたいのは当然のことだ。数馬は帰りに結城外記と会うことを約束した。

「お目通りがあるとなれば、これ以上の酒はいかぬな」

陣衛門の指示もあり、夕餉から杯が下げられた。

三

客間へ通されたのは数馬一人であった。家士の石動《いするぎ》庫之介も小者に扮《ふん》している刑部《おさかべ》も、台所脇の小部屋で就寝していた。

「……刑部どのか」

夜半、数馬は気配に目覚めた。

「ご無礼をつかまつる」

押し入れのなかから声がした。

「他人目《ひとめ》がございましたゆえ、報告ができませず」

昨夜から結城外記の屋敷へ忍びこんでいた刑部は、藤森家へ入る前にさりげなく合流してきた。

「けっこうでござる」

数馬は当然だと流した。

「早速でございますが……」

押し入れの襖をはさんで、刑部が結城外記の屋敷で見聞きしてきたことを語った。

このほうが、多少声は通りにくくなるとはいえ、誰かが踏みこんで来たときの対応が素早くなる。忍らしい気遣いに、数馬はおとなしく聞いた。

「わたくしにもそういった動きがあるとは言われていた」

数馬も告げた。

「あと、結城どのとの話だが、他人払いをしながら隣室に一人気配があった」

「いや、お見事にお気づきでございましたな。他人払いのおり、少し間をお空けになられておられたゆえ」

「警固《けいご》の者かとも思ったが、それにしては気配が弱かった。ならば、拙者の話を聞いているのだろうなと」

「さすがでございまする」

刑部が褒めた。

「目通りの後、会いたいというのはそれにかかわっておろう」

その場ではなく、数馬の話と様子を確認した後で事後策を練り、あらためて明日話をすることにしたのだろうと推測した。

「まあ、そちらはそのときでよかろう」

相手の出方がわからなければ、策の立てようもない。数馬は結城外記のことを終わらせた。

「となると、問題は明日のお目通りでございますな」

刑部の声が緊張した。

「結城どのとは反対の連中が動きだそう」

数馬もうなずいた。

次席家老ほどの人物が、こちらから求めてもいないのに、単なる好意で藩主との目通りを斡旋《あっせん》してくれるはずはない。裏があるとは数馬も読んでいた。

「あぶり出し……」

「おそらくは」

数馬の推測を刑部も認めた。

「拙者がなにをしに来たかなど、殿を狙った者どもにしてみれば一目瞭然だからな。その拙者が左近衛権少将さまにお目通りするとなれば、焦《あせ》ろう」

「なにを言われるかと気にしておりましょうな」

刑部も同意した。

「いつ来ると思う」

「こちらを出てからでしょう。さすがにこちらの屋敷まで押しこめば、ただではすみませぬ。結城外記どのもこちらに瀬能さまがおられることはご存じでござれば」

数馬の問いに、刑部が答えた。

「遠慮は要《い》らぬぞ」

主君を殺されかけたのだ。数馬も怒っていた。

「吾《わ》が殿からも、慈悲をかけるなと申しつかっておりまする」

刑部が低い声で応じた。


翌朝、二度と会うこともないだろう親戚に一夜の礼をして、数馬たちは藤森屋敷を後にした。

屋敷から城までの途中に神明神社があった。鎮守の森ほどではないが、それでも木が多く、見通しが悪かった。

「隠れるところはいくらでもございますな」

すでに石動庫之介も刑部から話を聞かされている。石動庫之介が目を左右に走らせた。

「後ろを預けますぞ」

石動庫之介が先頭に立った。

「お任せあれ」

小者らしく挟《はさ》み箱《ばこ》を肩にした刑部がうなずいた。

二人で数馬を挟むようにした。それは小者の位置が後ろでいささか珍しいが、ありえない形ではなかった。

見送っていた藤森家の門が閉じられた。武家の大門は主君と当主、格上の来客でないと大きく開け放たれることはないが、今回は加賀藩前田家の使者として扱ってもらい、潜《くぐ》り門《もん》ではなく、大門からの出入りができた。これも襲撃者にはつごうが悪い。潜りならば、どうしても外の様子を確認しきれないうえに、一人ずつでなければ通れない。それこそ、外で待ち伏せされたら、あっさりと一人はやられる。

対して大門を開けると、見通しはよくなるし、藤森家の見送りもある。あるていどの安全は確保できた。

地の利のないところで、初手を取られずにすむのは大きかった。

「……瀬能さま」

神明神社の森を右手に見ながらお城へ向かっていく。その森が途切れそうなところまで来たあたりで刑部が声を出した。

「後ろから三人参りまする」

振り向きもせずに、刑部が背後の気配を読んだ。

「殿、前からも二人」

石動庫之介が警告を発した。

「どうやら森のなかにも潜んでいるようだぞ」

前後を警戒しなくてよかった数馬は、端《はな》から森のなかを気にしていた。おかげで、木々に潜んで蠢《うごめ》く影を見つけていた。

「目測で三名というところだ」

「合わせて八名とは大盤振る舞いでございますな」

数馬の予測を聞いた石動庫之介が奮い立った。

「いささか足りぬ気がするぞ」

数馬も気炎を吐《は》いた。

「相手が手出ししてくるまで、こちらからは仕掛けるなよ。ここは加賀藩領ではないのだ」

加賀藩の領内であれば、あとからいくらでも理由付けはできるが、ここは福井の城下である。仕掛けてきたのでやむを得ずに対応したという形が要《い》った。

「わたくしどもがやったとわからねばよろしいのでしょう」

刑部がわずかに首を振った。

「……くっ」

「げっ」

森のなかから窺っていた者たちが、小さくうめいて倒れた。

「軒猿《のきざる》の衆か。さすがだな」

気配を感じさせることもなく、敵を片付けていく軒猿の手腕に数馬が感嘆した。

「畏《おそ》れいりまする」

刑部が恐縮した。

「森のなかだけで止めておいてくれ。他人目に付くのは避けたほうがいい」

数馬が刑部に釘を刺した。森に潜んでいる者ならば、不意に死んだところで周囲から見えなくてすむが、道にいる敵がそうなれば、潜んでいる者がいると教えることになった。

「はい」

首肯した刑部が、また首を動かした。

「殿、そろそろ」

石動庫之介が、注意を促した。

「止まれ」

前に立ち塞《ふさ》がった二人が、数馬たちに命じた。

「なにか」

数馬が用件を問うた。

「役儀によって取り調べる。両刀を渡し、おとなしく付いて参れ」

立ち塞がった二人のうち、年嵩《としかさ》の藩士が命じた。

「拙者は加賀藩前田家江戸留守居役瀬能数馬である。役儀というならば、まずはお名乗りあるべしであろう」

「……むっ」

正論に年嵩の藩士が詰まった。

「黙れ。ここは当家の城下である。他家の者は、黙って従えばいい」

隣に立っていた若い藩士が言い返した。

「名乗れぬ者を、松平家のご家中だと信じろと……」

「なにをっ……」

数馬に論破された若い藩士が口ごもった。

「当家先手組《さきてぐみ》尾阪源馬《おさかげんま》である」

年嵩の藩士が名前を明らかにした。

「これでよろしかろう。太刀を渡してもらおう」

尾阪と名乗った年嵩の藩士が、最初の話に戻した。

「先手組がそのようなまねをするとは、不思議なことよな」

「家風じゃ」

尾阪が嘯《うそぶ》いた。

「さようか、ならば結城外記どのに伺いましょう。お屋敷も近い」

「次席家老さまの……」

数馬の言葉に若い藩士がうろたえた。

「江川《えがわ》」

手で尾阪が若い藩士の袖《そで》を引っ張った。

「…………」

黙って江川と呼ばれた若い藩士が下がった。

「さて、結城どののところへ行きましょうぞ。急いでいただくぞ。このあと拙者は左近衛権少将さまにお目通りをいたすことになっている。遅れたときは、おぬしの名前を出させてもらう」

数馬が宣した。

「……従わぬと申すのだな」

尾阪の声が低くなった。

「瀬能さま、背後の者どもが近づいて参りました」

刑部が告げた。

「無駄な体裁を繕《つくろ》うのは止《や》めたらどうだ。おまえたちが敵だというのは、知れている」

あきれた顔で数馬は述べた。

「ならば、いたしかたなし。やるぞ」

すばやく尾阪が太刀を抜いた。

「お、おう」

江川が少し遅れて追随《ついずい》した。

「刑部、何人いける」

暗に陰供《かげとも》を使うなと含んで、数馬が尋ねた。

「全部でございますな」

挟み箱を置き、その担ぎ棒を手にした刑部がこともなく答えた。

「前の二人は拙者の獲物でござる」

手出しはするなと石動庫之介が、釘を刺した。

「尾阪というのは、殺すな。証拠に使う」

「承知」

「では」

数馬の制限を石動庫之介と刑部が吞《の》んだ。

「なにをごちゃごちゃ言っている」

江川が待ちきれずに太刀を振り上げてかかってきた。

「辛抱がたりぬわ」

石動庫之介が、腰を落として居合いを使った。

「ぎゃっ……」

右の脇腹を存分に割《さ》かれて、江川が即死した。

「江川……きさまっ」

尾阪の顔色が変わった。

「先に抜いたのはそちらだ。武士が真剣を抜いて、なにもなく終わると思っていたのか。それとも白刃に怯《おび》えて、我らが許しを請うとでも」

血刀をぶら下げて、石動庫之介が迫った。

「なにをしている。津山《つやま》、高橋《たかはし》、太田《おおた》」

尾阪が数馬の背後へと声をかけた。

「誰も返事をせぬぞ」

数馬が冷たく言い捨てた。

「お待たせをいたしました」

挟み箱をふたたび担いで、刑部が数馬の背中に一礼した。

「見事なり」

数馬が称賛した。

「……まさか。馬鹿な」

後から襲いかかるはずだった三人に目をやった尾阪が絶句した。太刀を手にした三人の藩士が、首をあらぬ方向に向けて倒れていた。

「なにをしている。出てこい」

尾阪が大声をあげた。

「伏兵なら、最初に片付けたぞ」

すっと数馬が前に出た。

「殿」

「瀬能さま」

石動庫之介と刑部が、危ないと数馬を止めようとした。

「大事ない」

大丈夫だと数馬は手を振った。

「さて、残ったのはおぬしだけだ。尾阪源馬どのよ」

数馬はゆっくりと話しかけた。

「き、きさま……」

「我らが殿のお命を狙った輩《やから》が出てくるだろうと、本多どのはご推察でござった。ゆえに吾《われ》を福井へやられたのだ。そなたはまんまと策にはまったのだ」

「くそっ」

背中を向けて尾阪が逃げようとした。

「………」

無言で石動庫之介が、小束《こづか》を投げた。

小束は廻《まわ》りながら飛び、尾阪のふくらはぎを傷つけた。

「くう」

小さくうめいた尾阪が転んだ。

「逃がすわけなかろう」

ゆっくり近づいた数馬が、尾阪から落ちた小束を拾いあげた。

「おまえにはいろいろ話をしてもらわねばならぬ」

「……………」

尾阪が痛みに脂汗を流しながらも、沈黙を守った。

「黙っていてもいいぞ。どちらにせよ、おまえの身柄は結城外記どのにお預けする。結城外記どののほうが、事情にも詳《くわ》しかろうしな。なにより、他家の事情など知らぬでな。勝手にやり合ってくれ。前田家に迷惑をかけぬように」

数馬が告げた。

「きさまああ」

後始末は結城外記に任せると言った数馬に、尾阪が激した。

「徳川の天下に、外様など不要なのだ。外様がいなくなれば、我らはその分も領地が増え、栄えることができる。徳川にまつろわぬものは滅ぶべきなのだ」

尾阪がわめいた。

「なあ、知っておるか」

数馬が尾阪の顔を覗《のぞ》きこんだ。

「拙者の家、瀬能家は二代将軍秀忠さまの次女、珠姫さまのお供をして江戸から加賀へ移ったのだ。そう、もと旗本だ」

「まさか……」

尾阪の表情が変わった。

「秀忠さまの命《めい》に従った瀬能を、おまえは襲った。理屈に合わぬな」

「…………」

「どう言い開きするのか、楽しみだ」

ぐっと数馬は口角をつり上げて見せた。

「し、知らなかったのだ」

「知らなければ殺してもいい……と」

言いわけをする尾阪に、数馬は冷たい目を向けた。

「ならばこちらがなにをしても文句は言えまい。我らは松平家の内情など知らぬのだからな。お目通りのとき、拙者がなにを言上《ごんじょう》するか、楽しみにしておけ」

「ま、待て、待ってくれ」

尾阪が必死で数馬を止めようとした。

「刑部、こやつを任せる。結城どのに渡してくれ」

「承知……むん」

すっと近づいた刑部が、あっさりと尾阪を当て落として担ぎ上げた。

「では、後ほど」

刑部がいつもと変わらぬ歩調で離れていった。

「なんともはや、怖ろしい」

石動庫之介が感嘆した。

「味方で良かったな」

数馬も同意した。

「……本多家が、軒猿を抱えた。今はそれが、幸運だったと思うしかないな」

「殿……」

呟くような数馬に、石動庫之介が息を呑《の》んだ。

四

福井城は関《せき》ヶ原《はら》の合戦の翌年、家康の次男結城秀康が北之庄《きたのしょう》に封じられたのを機に、天下普請として建築された。当時は北ノ庄と呼ばれていた福井は、加賀百万石の抑えと同時に、京を狙う大名が出たときの後詰めともなるべく重要な位置にあり、じつに六年の歳月をかけて造られた福井城は、五重の堀を構え、四層五階の天守閣を持つ威風堂々たるものであった。

その後、寛文《かんぶん》九年（一六六九）に城下全体を灰燼《かいじん》に帰す大火で天守閣を消失、再建はされなかったが、徳川の一門にふさわしい威容を見せつけていた。

「加賀前田家家臣、瀬能数馬でございまする。左近衛権少将さまにお目通りを願うべく参上つかまつりました」

大手門で数馬は番士へと告げた。

「しばし、待たれよ」

番士が一人、表御殿玄関へと走って行った。

「お待ちしておりました」

すぐに迎えの藩士が番士と共に大手門まで来た。

「小姓組《こしょうぐみ》、篠原一樹《しのはらかずき》でござる。どうぞ、こちらへ。従者の方は、供待ちでお控えを」

篠原が石動庫之介を残すように告げ、案内に立った。

「庫之介」

「はっ。殿……」

数馬の指示に、石動庫之介がじっと見つめた。

気をつけてとは言えない。表御殿の警固を疑うことになるからだ。

「待っておれ」

しっかりとうなずいて、数馬は篠原の後に続いた。

「どうぞ、こちらから」

篠原が玄関の大戸を開けた。

前田綱紀の代理扱いを受ける数馬は、表御殿玄関からなかへ入った。

城の御殿は規模の違いはあってもどこともよく似た造りになっている。入ってすぐに警固の侍の詰め所、勘定所、用人や家老が執務する御用部屋、役人用の面会部屋が格式に応じて並んでいる。それを過ぎたところに藩主が家臣たちの挨拶《あいさつ》を受ける大広間があり、さらに奥へと進むと謁見部屋《えっけん》がある。

数馬はその謁見部屋へと向かっていた。

徳川の一門で六十七万石だった結城秀康の表御殿は、加賀前田家のそれほどではないにしても、かなり広い。複雑な座敷の配置もあり、何度も何度も数馬は角を曲がらされた。

「こちらでお腰のものをお預かりいたしまする」

また新たな曲がり角が見えてきたところで、篠原が立ち止まった。

「…………」

すっと数馬は半歩下がった。

「瀬能どの……」

怪訝そうな表情で篠原が数馬を見つめた。

「拙者は前田加賀守の代理でござる。慣習として謁見の間に入るまで帯刀を許され、下段の間で両刀を外し、襖際《ふすまぎわ》に置いて目通りをするはずでござろう」

数馬が篠原を糾弾《きゅうだん》した。

「むっ」

篠原が頰《ほお》をゆがめた。

「そのていどのことも知らないお方が、左近衛権少将《さこんえのごんしょうしょう》さまのお側《そば》に仕える小姓が務まるはずはござらぬな」

脇差《わきざし》の柄に数馬は手をかけた。

「きさま……気づいていたのか」

あわてて篠原が抜刀した。

「今朝《けさ》の襲撃があまりに稚拙すぎた。やる気ならば城下のことだ、弓矢鉄炮《てつぽう》を持ち出してでも仕留められる。それをせず、さほどの遣い手でもない者ばかりを出してきて、それで終わりだと思うわけがなかろう。城下だとどこで見られているかわからぬ。ならば城中でと考え、一度失敗して油断を誘う。……浅いわ」

数馬が嘲笑《ちようしよう》した。

「加賀藩の使者を殺した。こうなれば、ご一門でも無事ではすまぬ。少なくとも前田家から強硬な抗議を幕府は受けることになる。代々、将軍家ともめ事を起こし、何度も咎めを受けてきた越前松平家が加賀の前田と騒動を起こした。上様はどうなさるだろうな」

周囲の襖ごしに聞き耳を立てているだろう連中に、数馬は語った。

「上様は前田加賀守を嫌っている。お取り上げにはならぬわ」

篠原が反論した。

「はあ……」

大きく数馬がため息を吐《つ》いた。

「江戸を知らぬ者は、こうなって当然か。いや、徳川にかかわりのある者という誇りが目を曇らせているのか」

数馬が哀れみの目を篠原に向けた。

「なんだ、その目は」

篠原が怒った。

「上様は厳罰を下されるだろう」

「そうだ。前田を潰されよう。そして当家はその後を受けて加賀一国を褒美《ほうび》にいただける」

うれしそうに篠原が言った。

「厳罰は越前松平家にだ」

「なにを言うか。当家はご一門、外様づれと同じではない。今までもお咎めを受けたが、変わることなく福井にあり続けているのだぞ」

篠原が怒った。

「馬鹿の相手はできぬ。そろそろ顔を出してもらいたいものだ」

数馬が襖の向こうに呼びかけた。

「……見抜かれていたか」

襖が開いて、藩士数人に守られた立派な身形《みなり》の老人が現れた。

「お名前を聞かせていただきたい」

「筆頭組頭本多大全《たいぜん》じゃ」

老人が応じた。

組頭とは、幕府で言う大番組、あるいは先手組などのように戦場で働く武士たちを束ねる役目である。それにふさわしい覇気を本多大全は醸《かも》し出していた。

「本多……」

「加賀の本多とは血縁はない」

言いかけた数馬を本多大全が抑えた。

三河に本多という名前は多い。徳川家康の家臣として名の知られた者だけでも、本多正信、本多忠勝《ただかつ》、本多重次《しげつぐ》らがいる。もっとも一族ではなく、本多忠勝と本多重次の二人は武で知られており、謀臣として戦場働きをしない本多正信を嫌い抜いていた。

「我が家は、本多作左衛門《さくざえもん》重次の流れじゃ」

「結城秀康さまの傅育《ふいく》役だった本多作左衛門さまの」

「そうだ」

本多大全がうなずいた。

結城秀康は家康が側室に生ませた子供である。当時、家康には今川義元《いまがわよしもと》の養女築山《つきやま》殿《どの》という正室があり、それを気遣った家康は側室を本多重次に預けた。その後、本多重次は豊臣秀吉の怒りを買ったことで蟄居《ちっきょ》を命じられ、そのまま亡くなったが、その忠節を惜しんだ家康は息子成重《なりしげ》を重用、秀康の息子忠直《ただなお》の付け家老として、越前丸岡《まるおか》の地を与えた。忠直が改易されたとき、一度は連座して改易されるが、あらためて四万五千石の譜代大名として取り立てられ、そのまま丸岡を領していた。

越前松平家との関係は一応切れてはいるが、重臣のなかに本多の一族がいても不思議ではなかった。

「全部で六人、いや七人でござるか。ご老人も勘定に入れてもよろしいな。それとも敬老の心でお見逃しするべきでございましょうや」

数馬は挑発した。

「ふん。若者の思い上がりを正すのも、老人の仕事である。まあ、今更《いまさら》たしなめたところで、儂より先に逝く者には無駄であろうがの」

本多大全が言い返した。

「前田家の使者を害して、無事にすむとでも。拙者はお目通りの後、結城外記どのに呼ばれているぞ」

「すむともよ。さすがに城中で他家の使者をだまし討ちにしたとなれば、大事になる。表沙汰になれば家老どもは全員切腹せねばなるまい。そうならぬよう、外記も徹底して隠蔽《いんぺい》するだろう。従者と小者を入れて三名、跡形もなく消し去るのも簡単」

「…………」

数馬があきれた。

「なんだ」

その態度に、本多大全が戸惑った。

「こういうことだ」

すっと数馬が脇差を抜き放ち、隣で本多大全との遣《や》り取《と》りを呆然《ぼうぜん》と見ていた篠原の右手を肘《ひじ》から落とした。

「ひくっ」

小さく身体《からだ》を震わせて、篠原が痛みに気絶した。

「な、なにを」

「こやつ……」

見ていた藩士たちが唖然《あぜん》とした。

「遅いわ。やる気ならば最初から襲って来い」

倒れた篠原を跳びこえて、数馬は次の藩士を襲った。

「わああ」

目の前で同僚があっさりと斬られた。その情景に追いつけていなかった護衛の藩士が一人、抵抗もできずに首を峰で打たれて崩れた。

「菅野《すがの》」

本多大全が残っている護衛の背中を叩いた。

「あっ、は、はい」

菅野と呼ばれた護衛が、太刀を抜いて構えた。

「きさま、このようなまねをして無事に逃げられるとでも思っておるのか」

後ろへ下がりながら、本多大全が叫んだ。

「おぬしが言ったのだろう、大事になっては大変だから、全力でなかったことにすると」

数馬が口の端を吊《つ》り上げた。

「ば、馬鹿な。そんなことが……」

本多大全がうろたえた。

「こいつめ」

菅野が太刀を振り上げて迫って来た。

「よいのか。家ごと潰されるぞ」

数馬が菅野に話しかけた。

「家ごと……」

菅野が足を止めた。

武士にとって家ほど大切なものはない。それが潰れると言われれば、思わずためらってしまうのも当然であった。

「なにをしている。そいつを殺さぬと藩が潰れるのだぞ」

本多大全が二の足を踏んでいる菅野を督励《とくれい》した。

「承知」

菅野が表情を引き締めた。

「…………」

相手がやる気になった。応じるように数馬は無言で腰を落とした。

「待て、待て。双方、刀を引け」

後ろから大声の制止がかかった。

「外記……」

結城外記の姿を見た本多大全が苦虫を嚙みつぶしたような顔をした。

「ようやくか」

数馬が小さく安堵《あんど》の息を吐いた。

先ほどの狼藉者《ろうぜきもの》を結城外記の屋敷へ届けたのだ。それがなにを意味するかは、結城外記にもわかる。いや、仕組んだといえる。城中での襲撃は考えてもいなかっただろうが、城下の刺客が全滅したことを知れば、数馬が松平綱昌に目通りをする前に会わなければならなくなる。襲撃を受けて結城外記の屋敷へ逃げこむ、あるいは助力を求めてくると予想していたのが外れたのだ。

刺客を一人だけ残して殺し、その生き残りを届けただけで、なにもなかったかのように城へ行く。普通では考えられない対応である。たとえ、敵を排除できても、結城外記のもとへ来て、苦情を申し立てるのが通常の反応なのだ。

それをあっさり流して綱昌に会おうとする。数馬が綱昌になにを言うのか、結城外記の常識では思いもつかない。綱昌に事実を全部伝えられては結城外記も困る。まちがいなく、綱昌は江戸城で綱紀の顔を見られなくなる。

結城外記が急いで数馬と話をしようと登城してきたのは、当然の行動であった。

「瀬能どの」

「これはどういうことか、納得のいくご説明をいただけるのだろうな」

近づいてきた結城外記に、数馬は脇差《わきざし》を突きつけた。

第四章　殿中争闘

一

越前《えちぜん》福井藩四十五万石の主《あるじ》松平左近衛権少将《さこんえのごんしようしよう》綱昌は、越前大野《えちぜんおおの》藩六万石松平若狭守《わかさのかみ》直明《なおあきら》の国家老津田《つだ》修理亮《しゆりのすけ》の来訪を受けていた。

松平若狭守の父直良《なおよし》は、綱昌の祖父忠昌《ただまさ》の弟にあたることから、結城秀康の血を受けた一族として親しく往来していた。

「お目通りをお許しくだされ、かたじけなく存じあげまする。左近衛権少将さまには、お変わりなくお喜び申しあげまする」

津田修理亮が平伏した。

「うむ。そちも健勝そうでなによりである」

型どおりの挨拶《あいさつ》を二人が交わした。

「そういえば、城中で耳にしたが、慶事があるそうだな」

「お耳に聞こえておりましたか」

言った綱昌に、津田修理亮がうれしそうに応じた。

「まだいずこへ、いかほどの石高で移封になるかはわかっておりませぬが……」

幕府には、慶事は早く、凶事は遅くという慣例があった。誰でもいい話は早く聞きたいし、悪い話はできるだけ遅いほうがありがたい。

また移封には、いろいろと準備をしなければならないことが多い。引っ越しの用意だけでも面倒だが、藩札や借財などの整理を完遂《かんすい》させなければならなかった。

とくに藩札は、額面の金額をその大名が保証するもので、領内でしか通用しない。当然、藩主が替わればただの紙切れになってしまう。そんなものを残し、さっさと引っ越しされては領民がたまらない。

栄転したはいいが、藩札の後始末をしなかったために領民から評定所《ひょうじょうしょ》へ訴え出られて、加増分を取りあげられたり、石高は変わらないが僻地《へきち》へもう一度動かされたりした大名もある。

「どこになろうが、めでたいことである。正式に決まったおりには、祝いをいたそう」

「畏《おそ》れ多いことでございまする」

祝いを出すと述べた綱昌に、津田修理亮が頭《こうべ》を垂れた。

「しかし、若狭守どのにご高恩があるとなれば、上様からなんぞお褒《ほ》めいただいたのか」

綱昌が問うた。

天下泰平になり、戦《いくさ》がなくなって久しい。武家本来の手柄を立てて、領地を増やすということができなくなった。そんななか、松平若狭守への加増移封は珍しかった。

「…………」

訊《き》かれた津田修理亮が黙った。

「言いにくいか。まあよい。で、本日は何用じゃ」

ことが決まるまで他聞をはばかる話はいくらでもある。綱昌はそれ以上の追求を止《や》め、質問を変えた。

「一つお願いがございまして」

問うた綱昌に、津田修理亮が言った。

「願い……修理亮の願いとあれば、認めるにやぶさかではないが……どのようなものか聞かずば答えようがない。申してみよ」

綱昌が促した。

「はっ。お願いと申しますのは、備中守《びっちゅうのかみ》さまのことでございまする」

「備中守……老中首座の堀田備中守どのか」

津田修理亮の口から出た名前に、綱昌が首をかしげた。

「いえ。堀田さまではございませぬ。ご一門の松平備中守直堅《なおかた》さまのことでございまする」

「直堅のことだと」

綱昌が嫌そうな顔をした。

松平備中守直堅は、福井藩越前松平家四代藩主越前守光通《みつみち》の長男である。本来ならば、光通の跡を継いで五代藩主となるべきだったが、妾腹であったことが災いし、家中騒動の原因となった。

光通の正室国姫《くにひめ》の実家が側室腹の相続を認めなかったのだ。国姫はやはり結城秀康の血を引く越後《えちご》高田《たかだ》藩主松平光長の娘で、光通との間に女児を二人儲《もう》けていた。女児とはいえ子を産んだならば、息子もできるはずだ。その息子に越前家を継がせろと、越後高田藩から強烈な圧力がかけられた。その結果、越前松平家は大いなる不幸に見舞われた。

「男子を産めず、申しわけなきゆえ」

まず、男子を産めと実家から矢の催促を受けた国姫が自死した。

続いて長男でありながら相続を拒まれた直堅が出奔《しゅっぽん》した。国姫が死んだのは直堅のせいだと責任を押しつけられそうになったからだとか、世継ぎになれない悔しさからだとか言われているが、直堅は実母三《さん》の方《かた》と縁の深い越前大野松平家の家老津田信益《つだのぶます》を頼って逃げ出した。

妻を亡くし唯一の男子に逃げられた光通の気落ちは激しく、延宝《えんぽう》二年（一六七四）三月二十四日、跡を異母弟の松平昌親《まさちか》に譲るとの遺書を残して、自害した。

藩主が自害する。これが凡百の大名ならば取《と》り潰《つぶ》しになる。しかし、家康の次男の系統を絶やすわけにもいかず、光通の遺言どおりに藩は松平昌親に相続が許された。

綱昌はその松平昌親の養子であった。昌親は越前松平家を継いだが、藩内には光通の血を引く直堅こそ藩主にふさわしいと考える者も多く、家中は不穏なままであった。ために昌親はわずか二年で兄昌勝《まさかつ》の息子綱昌に代を譲って隠居した。延宝四年のことである。

それ以降綱昌が越前藩主であったが、まだ藩内は一枚岩にはなっていなかった。

「直堅がどうした」

綱昌が問うた。

出奔した直堅は、江戸の越前大野藩邸に匿《かくま》われた後、四代将軍家綱へ目通りをし、一門として一万俵の禄《ろく》を受けた。領地を持たない江戸定府の大名として、赤坂《あかさか》の大野藩邸に直堅はいた。

「左近衛権少将さまには、お世継ぎさまはおられませぬ」

「それがどうした」

津田修理亮の言葉に、綱昌が不快そうに眉《まゆ》をひそめた。

「備中守直堅さまをご養子にお迎えいただきますよう、お願い申しあげまする」

言い終えた津田修理亮が平伏した。

「余《よ》に備中守直堅どのを養子とし、家を譲れと申すか」

「お畏《おそ》れながら、それが人倫の道に沿うことでございまする。失礼ながら、左近衛権少将さまは、分家から入られたお方。対して備中守直堅さまは本家嫡流でございまする。家中が穏やかならぬのも、そこに原因があるかと」

平伏したままで津田修理亮が言上《ごんじょう》した。

「余では越前藩は成り行かぬと申すか」

綱昌が怒った。

「…………」

津田修理亮が黙った。

「それが松平若狭守転封の条件か」

低い声で綱昌が問うた。

「ご賢察を願いまする」

「ふざけたことを申すな。余はまだ三十歳にもならぬのだぞ。子などこれからいくらでもできるわ」

綱昌が反論した。

「お子さまの有る無しではございませぬ。血筋が正統かどうかの問題でございまする」

「きさま……余が正統ではないと」

津田修理亮の言葉に、綱昌が激した。

「左近衛権少将さまもお気づきでございましょう。ご家中が未《いま》だに割れていることを」

「…………」

ふたたび指摘された綱昌が黙った。

光通の自害の原因となった外圧はなくなった。越後高田藩松平光長は藩政不始末を咎《とが》められて伊予松山《いよまつやま》藩預けとなり、藩は改易された。

越前松平に口出ししてきた親戚が一つ消えた。そのおかげで、越後松平家を背景に、越前松平を思うままにしようとしていた一派は力を失った。

それでも完全に消えたわけではなかった。長く派を維持してきただけに、その人脈は藩内に広く根を張っている。

他にも前藩主松平昌親に付いていた家臣たちもいる。もともと松平昌親は越前吉江《よしえ》二万五千石の藩主であった。その昌親が越前福井藩を継いだため、吉江藩は本家である福井藩に吸収され、その家臣団も組みこまれた。

そのもと吉江藩士たちが、昌親を早々に隠居させた連中に憤《いきどお》り、もう一度昌親を藩主へ返り咲かせようとしていた。

その二つだけでもややこしいところに、とうにすんだはずの継承問題が蘇ってきた。松平光通の長男直堅をいただこうという動きがまた出てきた。

「このままでは、福井藩は越後高田藩の二の舞となりますぞ」

津田修理亮が綱昌を脅《おど》かした。

越後高田藩も松平光長の子息が急死した後の跡継ぎ問題で藩が割れ、その後始末に幕府が介入したことで潰されている。正確には前大老酒井雅楽頭《うたのかみ》忠清はお咎めなしとしたのを、五代将軍綱吉が蒸し返して、改易してしまった。

己《おのれ》ではなく、宮将軍や加賀藩主前田加賀守綱紀を五代将軍にしようとした酒井雅楽頭忠清憎しで、その判断を否定しただけなのだが、表向きはお家騒動によるものとされていた。

「…………」

綱昌がまた沈黙した。

家中が割れ、藩士たちが争う。これはどこでもあることであった。

藩主に男子が二人いる。これだけで騒動は起こった。長男、次男のどちらが藩主になるかで、家臣たちの未来が変わる。長男、次男、それぞれに付いていた家臣たちが、出世するか没落するかのどちらかになるのだ。

誰だって栄華を極めたい。勝てば、それが望める。家老も組頭も用人も、皆、勝ったほうが手に入れる。負けたほうは、それらに手が届かなくなるだけではなく、下手をすれば家禄《かろく》を減らされたり、放逐《ほうちく》されたりする。

未来がかかっているだけに、お家騒動が殺し合いに発展することもままあった。

それを外に出さなければ、幕府も咎めない。基本、幕府は大名の内情に関与しない。ただ、お家騒動が世間に認識されるほど大きくなるか、どちらかの当事者が幕府へ相手方を訴え出たりすると介入する。

ようは表沙汰《おもてざた》になれば、無事にはすまないということであった。

「他家にわからねばよかろうが」

綱昌が嘯《うそぶ》いた。

「当家が訴えまする。一門でございますゆえ、その権はございましょう」

「なにをっ」

幕府へ福井藩の内紛を報せると言った津田修理亮に、綱昌が目を剝《む》いた。

「当然でございましょう。当家は松平備中守直堅さまの後見でございまする。備中守直堅さまのおためになるよう動きまする」

「こやつを、捕らえろ」

我慢できなくなった綱昌が津田修理亮を指さして大声を出した。

「殿、落ち着かれませ」

他藩の家老を取り押さえるわけにはいかなかった。それこそ、大野藩松平家から訴えられかねない。

近習《きんじゅ》が綱昌を抑えた。

「津田さまも過ぎましょう。これ以上を言われるならば、こちらから大野藩を訴えますぞ」

綱昌を宥《なだ》めながら、近習が津田修理亮を咎めた。

「おもしろいことを言う」

津田修理亮が笑った。

「きさま……」

嘲笑《ちょうしょう》を浮かべた津田修理亮に、またもや綱昌が切れた。

「やはりお気づきではないようでございますな」

津田修理亮が綱昌を憐《あわ》れむような目で見た。

「どういうことだ」

綱昌が訊いた。

「当家が物成りの悪い越前大野から離れられるわけをご存じないようでございますな。いや、加賀百万石を抑え、京を窺う外様大名を駆逐する。そのために四十五万石という、御三家にも匹敵する大封を与えられている越前福井藩のご当主としては、いささか甘いのではございませんかの」

津田修理亮が綱昌を嘲弄《ちょうろう》した。

「な、なっ」

今までこれほどの無礼を働かれた経験がない綱昌は、唖然《あぜん》としてしまった。

「上様は、越前松平家の血筋を正統に戻せと、我が松平家にお命じになられたのでござる。その褒賞《ほうしょう》が良地への移封」

「なにを言っている」

綱昌が怒りを忘れて不思議な顔をした。

「上様にとって、血筋の正統性がなによりだということはおわかりでございましょう」

三代将軍家光の四男で、四代将軍家綱の弟である綱吉は徳川嫡流であった。家綱が四代将軍となったことで傍流にされたが、本流が絶えてしまえば、傍流が本流になる。これはいつの時代も、どれほどの名門でもおこなってきたことである。天皇家でさえ、嫡流がなくなった後を傍流が継いでいる。いや、どれが本流で、どれが傍流かわからないくらい交錯してしまっている。

「上様は正統という言葉を忘れた愚かな雅楽頭のせいで、危うく大統が乗っ取られるところであったことを怒っておられまする。そして、今後そういったことが二度と起こらぬよう、傍流が本流を脅かせぬようになさるとご決断なされた。その第一が越後高田家でございました」

「越後高田はまちがえておるまい」

綱昌が反論した。

越後高田藩主松平光長の嫡子綱賢《つなかた》が子なくして死んだ。綱賢が光長唯一の子供であったことから、越後高田藩は跡継ぎを新たに定めなければならなくなった。末期養子の禁は緩くなったが、世継ぎなしは断絶が基本である。藩士たちも己が浪人してはたまらないから、光長に迫って跡継ぎを決めさせようとした。

越後高田藩には、世継ぎたる資格を持った傍流が三人いた。一人は光長の異母弟氷《ひ》見長頼《みながより》の嫡男万徳丸《まんとくまる》、もう一人は氷見長頼の弟長良《ながよし》、そして最後が光長の妹が降嫁して産んだ小栗美作《おぐりみまさか》の息子大六《だいろく》であった。

家中は三つに割れた。

それを知ってか知らずか、藩主松平光長は万徳丸を世継ぎに指名した。

不満が爆発した。氷見長良を擁《よう》する藩士が八百人以上集まって、藩主光長に迫り、まず小栗美作を蹴落とそうと、その政《まつりごと》を批判した。気弱な光長は、八百人をこえる藩士たちの圧力に屈し、小栗美作を隠居、大六に譲らせた。

こうすることで大六を家臣の籍に付け、世継ぎ争いから脱落させた。

これがさらなる要求を生んだ。力押しにすれば光長は折れる。一度味を占めた氷見長良を擁する八百名以上の藩士は、光長に万徳丸の世継ぎ指名を撤回させようとした。

さすがに藩士たちの横暴に光長は耐えかね、ときの大老酒井雅楽頭忠清に仲介を頼んだ。ここに幕府は越後高田藩のお家騒動を公式に知った。

大老酒井雅楽頭忠清は、説諭にも従わず、騒ぎ続ける氷見長良派を糾弾《きゅうだん》、多くの藩士たちを放逐、大名家お預けとした。担ぎあげられた氷見長良も長州毛利家《ちょうしゅうもうり》へお預けとなった。それだけで小栗美作や大六、松平光長にもお咎めはなく、越後高田家のお家騒動は終わったかに見えた。

それを五代将軍綱吉がひっくり返した。己が継承で苦労し、お家騒動を毛嫌いした綱吉は酒井雅楽頭忠清が下した裁断を破棄、小栗美作、大六親子を切腹させ、高田藩は改易、氷見長良も毛利家お預けより重い八丈島《はちじょうじま》への遠島になった。

「まちがえたのでございまする。最初松平光長さまがお世継ぎとされたのは、すぐ下の異母弟氷見長頼さまの嫡子万徳丸さまでした。これはすでに氷見長頼さまが亡くなっていたことによりまする。さて、似ている相続をご存じではございませぬか。死んだ兄の子と弟による相続争い」

「……それはっ」

綱昌が目を剝いた。

「お気づきになられましたか。さよう、上様でございまする。上様も四代将軍家綱さまの末弟でございまする。そしてお亡くなりになった兄には男子が一人。上様が越後高田家の騒動に吾《わ》が身を映されたとしても不思議ではございますまい。末弟というだけで相続から外される。そして、そのどちらにも酒井雅楽頭忠清がかかわっている。上様はお憎しみになられておられまする。傍系あるいは、一代遠い者が、直系を押しのけることを」

「………………」

津田修理亮の話に綱昌が言葉を失った。

「越前松平家が、今の将軍家の未来に見えておられるのでしょう。前藩主松平昌親さまは、前々藩主光通さまの末弟。いわば、上様でございますな。そして左近衛権少将さまは、その甥《おい》。そう、甲府宰相綱豊《つなとよ》さま。上様にお世継ぎなければ、将軍となるお方と左近衛権少将さまは重なりまする」

綱昌は傍系の傍系であった。しかも、綱吉がもっとも嫌う藩主異母兄弟のうち兄にあたる者の子、前藩主の甥である。

「津田どの、お止めあれ」

藩主を追い詰めていく津田修理亮に、近習が声を荒らげた。

「よいのか、このままでは越前松平家は潰されるぞ。そうなれば、おぬしも浪人だ」

「……うっ」

浪人と言われた近習が詰まった。

「当主はいつか代わる。だが、家は残る。ゆえに家臣は忠義を尽くす。すなわち、家臣が仕えるのは当主ではなく家である」

津田修理亮が追い討ちを放った。

これも真実であった。当主が死ぬたびに家が潰れていては、とても家臣はやっていけない。どれだけ尽くしても、その先にあるのが破綻《はたん》とわかっていて忠義を続けられるはずなどない。

侍の忠誠は人ではなく、家に向く。もちろん、豊臣秀吉のように、一人の魅力で大名たちを支配し、天下を取った英傑もいる。だが、個人に向けられた忠義は、その死とともに消える。事実、豊臣家は秀吉の死によってほころびを生じ、その子秀頼《ひでより》のときに滅んだ。

「上様のご内意でございますぞ。左近衛権少将さま、松平備中守直堅さまをお世継ぎになされませ」

近習を黙らせた津田修理亮が迫った。

「う……」

味方を失った綱昌が俯《うつむ》いた。

「ご返事を」

語気を強めて津田修理亮が要求した。

「わ、わか……」

「一大事でございまする」

綱昌が頷《うなず》きかけたところへ、慌ただしく家臣が駆けこんできた。

「どうした」

救われたとばかりに綱昌が問うた。

「ちっ」

津田修理亮が舌打ちをした。

「殿中にて争闘でございまする」

そんな二人の様子に気付かない家臣が報告した。

「争闘だと。誰と誰じゃ」

「一人は筆頭組頭本多大全どの、相手はわかりませぬ」

家臣が告げた。

「なにをしておる。誰と誰の争闘かを確認いたせ。ええい、埒《らち》があかぬ。余が参る」

この場から去る好機とばかりに、綱昌が立ちあがった。

「修理亮、ご苦労であった。若狭守どのの用件は承った。返事はまた後日じゃ。こちらから使いを出すゆえ、藩へ帰れ」

綱昌が早口で命じた。

「……はっ」

藩主にこう言われては、それ以上長居はできなかった。露骨に不満げな顔をしながら津田修理亮が首肯《しゆこう》した。

「案内せい」

報告に来た家臣に綱昌が先導を指示した。

「はっ」

家臣が手を突いた。

「そなたは来ずともよい。近習の役目を解く。屋敷で身を慎め」

先ほど津田修理亮に言い負かされた近習に綱昌は手を振った。

「……はっ」

なんといっても今の当主は綱昌なのだ。近習は肩を落とすしかなかった。

「参るぞ」

綱昌が足を踏み出した。

二

本多大全と対立した数馬を、結城外記《げき》が必死で宥《なだ》めていた。

「頼む。殿中じゃ。刀を引いてくれ」

結城外記は殺気立っている数馬の前に両手を拡げた。

「相手が違うのではございませんか。先に抜いたのは、あちらでござるぞ」

数馬は結城外記に反論した。

「わかっておる。大全、そなたたちも引け」

結城外記が首だけを後ろに向けて言った。

「おぬしに指図される覚えはない」

本多大全が拒んだ。

「家老としての命《めい》じゃぞ」

「ふん。ことがなれば、儂《わし》は大名だぞ。その儂がなぜ家老ていどに従わねばならぬのだ」

格を持ち出した結城外記を、本多大全が鼻先で笑った。

「結城外記、おぬしこそ去れ。なにも見てなかったことにせよ。さすれば、儂がよいようにしてくれる」

逆に本多大全が見て見ぬ振りをしろと告げた。

「馬鹿を申すな。加賀前田家と争うつもりか」

結城外記が怒鳴りつけた。

「城のなかで乱心いたしたゆえ、討ち取ったと言えば加賀の前田もなにも言えまい。そしてその後加賀を責める。乱心するような者を使者として出すなど何事かと。上様も喜ばれましょうぞ。加賀を咎める口実ができたと」

本多大全が勝ち誇ったように言った。

「どうして、上様が喜ばれるとわかる」

結城外記が怪訝《けげん》な顔をした。

「それくらいわかりましょう。上様は加賀の前田にその地位を奪われそうになられた。つまり加賀の前田は上様の敵。その敵に痛撃を与えるのは、家臣たるものの義務である」

「上様が前田家との和解を考えておられるとは思わぬのか。天下泰平を考えるならば、百万石に手出しをするのはまちがいだ。それくらいご聡明と噂《うわさ》の高い上様ならばおわかりのはず」

本多大全の言いぶんを結城外記が否定した。

「表向きはそう仰《おお》せられようが、その裏を読んでこそ、忠臣というもの」

「きさまは、越前松平の家臣であり、将軍家の直臣ではない」

結城外記が、己の考えに酔っている本多大全を諭した。

「天下の武士はすべて将軍家の家臣である」

詭弁《きべん》に近いがこれもまた正しい。本多大全が胸を張った。

「結城どの、お退きあれ」

数馬が静かな声で言った。

「瀬能どの、いかぬ」

結城外記が首を横に振った。

「黙って殺されてやる義理はござらぬ」

殺気も露わにしている本多大全たちを数馬は見つめた。

「大全、きさま、本気か。瀬能どのには従者が付いている。その者たちが金沢へ帰れば、この事情を知られることになるぞ。そうなれば、そなたの策など一瞬で崩壊する」

結城外記が密室でのできごとにはならないと警告した。

「そのあたりに抜かりはない。すでに人を出している。もう従者も死んでいよう」

本多大全が数馬に笑って見せた。

「庫之介を襲っただと」

数馬が驚いた。

「そうだ。五人の手練《てだ》れを向かわせた」

「五人……」

「十分であろう」

繰り返した数馬に、本多大全が自信を見せた。

「かわいそうに」

「従者の心配ではなく、己のことを哀れめ」

呟《つぶや》いた数馬に、本多大全が苛立《いらだ》った。

「五人ていどで庫之介を仕留められると思っているとは笑止。今頃五人とも討ち果たされているだろう」

数馬が首を小さく振った。

「家中でも手練れで知られた者ばかりぞ、たかが従者一人……」

「庫之介は介者流の遣《つか》い手《て》だぞ。今までに何度も人を斬ってきた。おまえが用意した者どもは人を斬った経験があるのか」

続けようとした本多大全に数馬がかぶせた。

「……おい、咲村《さきむら》」

不安になったのか、本多大全が後に控えている侍を呼んだ。

「ただの虚勢でございまする。討手どもは身分軽き者ばかりでございますが、皆目録《もくろく》以上の腕」

咲村と言われた侍が大丈夫だと告げた。

目録とは、流派によって多少の差はあるが、武術の修行であるていど以上の技量を持ったとの証明として与えられるものだ。切り紙と呼ばれる初歩を過ぎ、免許という奥義にいたるまでの間になり、おおむね十年以上の修行が要《い》った。

「ならば安心だな。わかったか、加賀の者よ」

安堵《あんど》の顔で本多大全が述べた。

「従者が待ちくたびれておろう、おまえも行ってやれ、黄泉路《よみじ》へな」

本多大全が手を振り上げた。


福井城大手門脇の小屋で待機していた石動庫之介の上から声が降ってきた。

「敵が来る」

「……刑部どのか」

警告に石動庫之介が、反応した。声の主を確認しながら、手早く刀の下緒《したお》を解き、たすきをかけた。

「五人……」

「殿は大事ないか」

数を教えてくれた刑部に、石動庫之介が問うた。

「大事ない。瀬能さまには二人付けてある」

刑部が告げた。

「加勢は不要。殿のもとへ」

石動庫之介が、刑部も数馬のところへ行ってくれと頼んだ。

「承知」

すっと天井裏から気配が消えた。

「城中でも罠《わな》を張ったとは、やってくれる。向こうがその気ならば遠慮せぬ」

主君の危機に駆けつけるには、少しでも早くこちらを片付けなければならない。石動庫之介が、太刀を抜いて待ち構えた。

多人数を相手にするときは、周りを囲まれた小屋は便利である。正面さえ気をつけていれば、他は無視できた。

「な、なにを」

大手門を守っていた番士が、押っ取り刀で近づいて来る同僚に絶句した。

「どけっ」

「邪魔をするな」

押っ取り刀の藩士たちが、番士らを脅した。

「えっ、えっ」

「わああ」

予想外のことに番士らがうろたえた。

「続けっ」

その隙《すき》を押っ取り刀の藩士たちが抜けていった。

「死ねえ」

小屋へ飛びこんだ最初の藩士が、太刀を振り上げた。

「阿呆《あほう》」

すでに構えていた石動庫之介にとっては、胴を丸裸にした隙だらけの格好にしか見えない。あっさりと太刀を薙《な》いだ。

「ぎゃあ」

見事に腹を割られた一人目の藩士が絶叫した。

「なにっ、待ち伏せだと」

その後に付いてきていた藩士が、蹈鞴《たたら》を踏んだ。

「あれだけ騒いで気づかぬと思っていたとは笑止」

そこへ石動庫之介が、太刀を突き出した。

「あわっ」

無理に勢いを殺したばかりの藩士の胸に切っ先が刺さった。

「痛い、痛い」

少し浅かったため、致命傷にはならなかったが、急所の胸骨をやられた藩士が痛みに転がった。

「伊形《いかた》、なにをしている」

小屋への侵入の障害となった同僚に、冷たい声を仲間が投げた。

「もう少し、労《ねぎら》ってやれ」

血塗られた切っ先を転がっている伊形と言われた藩士に突き刺し、止《とど》めを刺した石動庫之介が告げた。

「きさまっ」

「よくも」

残った藩士たちが激した。

「まさか、一方的に相手を殺戮《さつりく》できるとうぬぼれていたのではなかろうな」

石動庫之介が、嘆息した。

「うるさい、きさまは死ねばいいのだ」

「組頭さまの命《めい》じゃ。黙って死ね」

残った藩士たちがわめいた。

「命で死なねばならぬ。それは武士の宿命だが、それは主君からのものに限る。見たこともないおまえたちの言葉に従う義理はない」

石動庫之介が宣した。

「やるぞ」

「おう」

小屋の入り口より少し出た石動庫之介を三方に分かれた藩士たちが襲った。

「やあああ」

正面の藩士が気合い声をあげて、石動庫之介の注意を引いた。

「…………」

無言で石動庫之介は、それを受け流し、合わせて襲い来た左右からの一撃を、太刀で打ち払った。

「連携がなってないな」

石動庫之介が、嘲笑した。

「付け焼き刃にもほどがある。まだ、山のなかで蜂と対峙《たいじ》したときのほうが厳しかったわ」

「我らを虫以下だと」

正面の藩士が憤った。

「加賀藩からの正式な使者を襲った段階で、人ではないな。少なくとも鬼畜の類《たぐ》いじゃ」

「…………」

正論に正面の藩士が黙った。

「さて、そろそろ殿のもとへ参じねばならぬでな」

石動庫之介が、殺気を放った。

「覚悟いたせ」

ぐっと石動庫之介が足を踏みこんだ。

三

数馬は太刀を下段に変えた。

室内での戦いは、どうしても梁《はり》や柱などを気にしなければならない。大上段に振りかぶったとたん、切っ先が天井板や梁に引っかかっては致命傷になる。

下段はその怖れが少ない。勢いをつけすぎて一撃を放った後、天井板を貫いたりすることはあるが、少なくとも一撃は繰り出せた。

「瀬能どの」

結城外記が数馬の雰囲気に呑《の》まれた。

「下がられよ。でなくば、おぬしも敵として斬る」

数馬が険しい声で宣した。

「抑えてはくれぬか」

「まずは身内からであろう」

剣を引いてくれと願った結城外記に、数馬が正論を返した。

「大全……」

「あと少しで策が成功するのだ。加賀藩士を討ったとあれば、前田と争わず、藩を維持しようと考えている連中も、考えをあらためずにはおられまい。百万石を潰して、当家は御三家と同格になり、儂は譜代大名になるのだ」

「妄想を垂れ流すな。きさまの欲のために家を危うくされてはたまらぬ」

悦に入る本多大全に、結城外記が声を荒らげた。

「それ以上邪魔をするな。するならば、おぬしも討つ」

本多大全が話を打ち切った。

「咲村、志津山《しづやま》、菅野。やれ」

「おう」

「はっ」

指示された藩士たちが太刀を数馬に向けてきた。

「来い」

数馬はその場で誘いを入れた。

「しゃあああ」

背後からの一撃で戦闘が始まった。

「甘いわ」

数馬は身体《からだ》を回すようにして、振り落とされた一刀をかわし、その勢いで太刀を送った。

「なんの」

そのまま駆け抜けた背後の藩士が数馬の反撃から逃げた。

「菅野、なまったのではないか。踏み込みが浅い」

「そんなことはない」

咲村が背後から襲った藩士をたしなめ、菅野と呼ばれた藩士が否定した。

「次は拙者が」

二人の遣《や》り取《と》りを無視して、残った一人が太刀を八相に構えて近づいてきた。

「志津山だな」

三人の名前から、数馬が類推した。

「覚えておけ。富田流《とだりゅう》志津山一羽《いっぱ》じゃ」

名乗った藩士がすっと腰を落とした。

富田流は戦国大名朝倉《あさくら》家の部将富田勢源《せいげん》を祖とする剣術の流派である。朝倉家が滅んだ後も、鐘捲自斎《かねまきじざい》などの名人によって全国にその根を広げた。

「越前に残る富田流か。相手にとって不足はなし」

数馬も気を引き締めた。

「やあああ」

表御殿に響く気合いを発して、志津山が斬りかかってきた。

「…………」

半歩下がって数馬は空を切らせた。

「なっ……」

必殺の一撃に手応えがなかったことに志津山が唖然《あぜん》とした。

「人を斬ったことのない一撃は、このていどか」

鼻先で笑って数馬は太刀を小さく振った。

「がっ」

下段からの切っ先が、志津山の右腿《みぎもも》内側の血脈を裂いた。

内股には足に降りた血液を心臓へ戻すための太い静脈が、割と浅い場所を走っている。動脈が筋肉に挟まれた奥で守られているに比して、静脈は皮下すぐ下にあるため、かすったていどでも大きな出血を招いた。

「血、血が……」

太ももを濡らす血に志津山があわてた。

「止めねば死ぬぞ」

切っ先に付いた血を振り飛ばして、数馬は告げた。

「わ、わああ」

志津山が手にしていた太刀を捨てて、傷口を押さえて逃げていった。

「馬鹿者、なにをしている。戻って来ぬか」

本多大全が志津山を怒鳴りつけた。

「ほっ……」

死人が出なかったことに結城外記が安堵の息を吐いた。

「やる」

咲村が表情を真剣なものに変えた。

「……とう」

いきなり踏みこんだ咲村が太刀を薙いだ。

「おうっ」

不意の攻撃を数馬は躱《かわ》せないと判断し、太刀の峰で受け払った。

「ちぃい」

咲村が歯がみをしながら、弾かれた太刀を引き戻し、二撃目を放った。

「…………」

来ると読んでいた数馬は、易々《やすやす》とそれをいなした。

刀というのは、すさまじい切れ味を持つ代わりに、欠けやすい。刃が極限まで研ぎ澄まされているため、非常に薄くなっているからだ。

真剣勝負で太刀を打ち合わすのは心得がないか、他に防ぐ手段がないかのどちらかであり、できるだけ避けるべきであった。

「このっ」

続けざまに咲村が太刀をぶつけてきた。

「……面倒な」

膂力《りょりょく》に任せた攻撃ではあるが、それだけに当たればまちがいなく終わる。繰り返し太刀を送り出してくる咲村に数馬はため息を吐《つ》いた。

「…………」

数馬と咲村の戦いを見ていた菅野が、気配を消して動いた。太刀を左手だけで支えると右手に小柄《こづか》を持ち、数馬へと投げつけようとした。

「……ふっ」

「つうう」

ささやくような息がした後、菅野が小柄を落としてうめいた。

「……卑怯《ひきょう》と言う気にもならんな」

目の隅でその様子を見た数馬が嘲笑した。

「ええい、余計なまねを」

咲村の頭に血が上った。

「小細工なぞせずとも、このていどの者、吾の腕で」

より一層《いっそう》力を入れて咲村が太刀を振り回した。

「……見切った」

何度も同じ太刀筋を見させられれば、次がどうなるかくらいはわかる。数馬は一度躱した後、次が来るまでの間を計っていた。

軽く膝《ひざ》を曲げて身体を前に倒し、刀を右手だけで摑《つか》んで薙いだ。

片手薙ぎは延びる。そこに膝を曲げて身体を前のめりにしたぶんが加わった。数馬の太刀はもう一度切り返そうとしていた咲村の脇腹を割いた。

「わあああ」

無防備になった左脇腹に太刀を喰《く》らった咲村が叫び声を上げた。

「ひっ」

本多大全が震えた。

「き、斬られた……」

咲村が呆然《ぼうぜん》とした。

「……おりゃあ」

殺すのはまずい。後での交渉で弱みになりかねない。数馬は突っ立ている咲村を蹴り飛ばした。

「ぐえええ」

斬られた衝撃に、力を抜いていた咲村が、吹き飛んで柱にぶつかり気を失った。

「さて、おまえはどうする」

数馬が菅野へ切っ先を向けた。

「えっ、どうすれば……」

優勢が一気に劣勢になった。慌てた菅野が本多大全を見た。

「もっと、手勢を」

本多大全が加勢を呼ぶためにこの場を離れようと背を向けた。

「なにをいたしておるか」

そこへ綱昌が姿を現した。

「殿」

急いで結城外記が平伏した。

「殿中で刃傷《にんじょう》沙汰は許されぬぞ」

大声で綱昌が一同を制した。

「…………」

数馬は太刀を背に隠すようにして、片膝を突いた。

「何事であるか。誰ぞ、説明をいたせ」

綱昌が求めた。

「こやつが、いきなり太刀を抜きまして……」

本多大全が数馬を指さした。

「なにっ」

眉《まゆ》をつり上げて綱昌が数馬を見た。

「それは違いまする」

結城外記が顔を上げて否定した。

「こちらの御仁は、加賀藩前田家の御使者でございまする。本日、殿へのお目通りをお願いいたしていたかと」

「そうであったか」

綱昌が首をかしげた。

「津田修理亮のおかげで失念していたわ」

「殿、そのようなことではなく、ご覧の通り、こやつは殿中で太刀を抜き、当家の者を傷つけましたのでございますぞ」

本多大全が割って入った。

「降りかかった火の粉を払ったまででございまする。その証《あかし》に、誰一人止《とど》めを刺してはおりませぬ」

数馬が初めて綱昌に話しかけた。

「やはり……」

気づいていたのか、結城外記が呟いた。

「そなた名は」

「これはご無礼をいたしましてございまする。拙者《せつしや》加賀前田家江戸留守居役瀬能数馬と申しまする。お目通りをいただき、かたじけのうございまする」

数馬が頭《こうべ》を垂れた。

綱昌が問うた。

「加賀守どのからのお使者か。何用だ」

「殿、そやつをまず捕まえて……」

本多大全がまた割りこんだ。

「控えろ、大全」

結城外記が怒鳴りつけた。

「加賀藩と本気で争う気か」

「当家の目的は、加賀藩を潰すことだろうか」

「どういうことぞ」

本多大全と結城外記の言い合いに、綱昌が戸惑った。

「わたくしからお話をさせていただきまする」

数馬は綱昌を見上げた。

「許す。聞かせよ」

綱昌が数馬の口上を認めた。

「先日、我が主《あるじ》加賀守の国入りに……」

弓矢で綱紀が狙われた話とその刺客を含めた周辺のこと、今日、己たちが襲われたことを数馬は語った。

「なんだと、それは真《まこと》か」

綱昌が愕然《がくぜん》とした。

「大全、きさま」

「お待ちくださいませ、殿。当家がなぜ越前にあり、四十五万石という大封を得ているか、その理由をお考えくださいませ。そもそも当家の祖結城秀康さまが、関ヶ原の合戦の後、遠く関東からこの越前の地へ移されたのは、なんのためか。そう、前田家を牽制《けんせい》し、いざというときは矢面に立ち、打ち破るためでございまする」

今更《いまさら》のことを本多大全が言った。

「しかし、今まで加賀藩前田家に手出しはできませんでした。それは二代将軍秀忠さまの姫さま、珠姫さまがお輿入《こしい》れなさり、そのお産みになられたお子さまが加賀藩の当主をなさっていたからでございまする。徳川の血を引いた者をあからさまな罪なく潰すわけには参りませぬ」

徳川家の一門でも藩を潰された者や死を命じられた者はいる。家康の四男忠吉《ただよし》は跡継ぎなしで死んだために尾張藩は取り潰しになり、六男忠輝《ただてる》は謀叛《むほん》の疑いで流罪になっている。他にも家康の孫に当たる越前松平家二代忠直《ただなお》が素行不良で流罪になっていたり、三代将軍家光の弟忠長《ただなが》にいたっては、謀叛の疑いで自害させられている。

しかし、どれもよほどはっきりした証《あかし》があるか、謀叛という重罪かでなければ、家康の血を引く者への手出しは難しかった。

「それは今でも同じだろう。加賀前田家の当主加賀守どのは、二代将軍秀忠さまの曾孫にあたられるはずだ」

綱昌は殿中で隣に座る綱紀のことをよく知っていた。

「はい。ですが、加賀守さまは謀叛を企《くわだ》てられました」

「きさま……」

謀叛の疑いを主君にかけられてはたまらない。数馬が本多大全を睨《にら》みつけた。

「ではないか。上様に成りかわり、五代将軍になろうとした。これは謀叛と同じだ」

本多大全が逃げ腰になりながら返した。

「殿は将軍になりたいなどと一度も仰《おお》せではない。あれは大老酒井雅楽頭《うたのかみ》さまのお考えである」

数馬が反論した。

「たとえ担がれただけとはいえ、旗印になったのは確かであろう。過去、謀叛の疑いを受けた者の多くは、担がれただけであったが、皆その責めを負っている。豊臣家の二代目であった関白秀次《ひでつぐ》さまなどその典型であろう。担ぎ出されてさえいなかったのに、太閤秀吉さまのご威光だけで謀叛になり、切腹させられた。わかるだろう、豊臣秀次さまに比するのが加賀守さま、そして太閤豊臣秀吉さまにあたられるのが上様じゃ。上様が加賀守が謀叛をしたと思われれば、それが真実《まこと》」

「冤罪《えんざい》を殿に着せるつもりだな」

数馬が本多大全の意図を見抜いた。

「罪かどうかは上様が決められる。それが絶対じゃ」

本多大全が嘯《うそぶ》いた。

「大全、それと当家で加賀藩の使者を殺す意味はどう繫《つな》がる」

綱昌が怪訝な顔をした。

「ご説明申しあげまする。加賀藩からの使者が、当家で刃傷を起こした。これは当家と加賀藩の問題でございまする。まず、当家から加賀藩へ苦情が出されまする」

「認めるわけなかろう。そんな他家で問題を起こすような者を使者にするはずもない」

本多大全の言葉を綱昌が否定した。

「はい。当然こちらに文句を申して参りましょう。言うまでもございませんが、それを認めるわけはありませぬ。使者を何度遣り取りしても、話は一向に進まないとなれば……」

「幕府へ、御上へ訴えるしかない」

わざと最後まで言わなかった本多大全の後を、綱昌が受けた。

「上様は喜んでくださいましょう。なにせ、上様には将軍継承の問題で、加賀の前田家を咎めることはできないのでございますから。それをすれば、天下に意趣返しと取られ、新しい上様のご器量が天下に晒《さら》されまする。小さなお方だと」

「……………」

綱昌が考えこんだ。

「そこへ、当家がまったく別の口実を用意いたすのでございまする。上様がなんとかして咎めをくれてやりたい、報復をしたいとお考えの前田家を、越前松平家がまな板の上に載せて差し出す」

「それを上様が望んでおられる……」

呟くように綱昌が言った。

「殿、そのようなことはございませぬぞ」

本多大全に呑みこまれそうになった綱昌を結城外記が止めた。

「上様のご本心が、わかるはずはございませぬ」

結城外記が本多大全の言うことを真に受けるなと忠告した。

「ご本心がどこにあるかを窺うのではなく、忖度《そんたく》することこそ臣下の役目でござる」

本多大全が結城外記を無視して、綱昌に語りかけた。

「上様のお心を忖度する……」

綱昌が繰り返した。

「殿……」

その様子に結城外記が怪訝な顔をした。

「上様のお役に立つ者が、大名であるな」

「さようでございまする」

「上様のお考えに沿うものこそ、越前家の当主たるべき資格がある」

「もちろんでございまする」

「血筋ではなく、正統さでもなく、役に立つ者こそ、臣下であるな」

「はい」

綱昌と本多大全が会話を重ねた。

「役に立てば、上様は余をご重用くださろう。上様から重用されている者を、当主でなくすなどありえぬ。いや、そのような動きをした者こそ、廃されよう」

目つきが怪しくなった綱昌が遠くを見つめた。

「見ていよ、若狭守。津田修理亮」

「まずいな」

数馬が独りごちた。

あきらかに綱昌は本多大全に呑みこまれつつあった。

「これはあきらめたほうがよさそうだ」

太刀を数馬は静かに鞘《さや》へ戻した。切っ先に付いた血を落としていないが、それをしている余裕はなかった。

「お話をお願いする状況ではございませぬな。では、これにて」

すっと立ちあがると一礼して、数馬はすばやく背を向けた。

「あっ」

「余こそ、正統なる……」

本多大全が気づき声をあげたが、己のなかに入りこんでいる綱昌は数馬の行動など気にかけてもいなかった。

「殿……」

「余が……」

まだ閉じこもっている綱昌に、本多大全が声をかけた。

「備中守直堅ごときに……」

「殿、加賀の者が逃げまする」

反応のない綱昌に焦《じ》れた本多大全が、その裾《すそ》を摑んで揺さぶった。

「……なんじゃ」

そこまでされてようやく、綱昌が本多大全を見た。

「加賀の者が逃げ出しましてございまする」

本多大全が駆けていく数馬のほうへ、綱昌の目を誘導した。

「……逃がしては」

「策が成りたちませぬ」

呆然《ぼうぜん》と訊いた綱昌に本多大全が怒鳴るようにして言った。

「いかん。捕まえよ」

綱昌が指示を出した。

「お許しが出た。行け、菅野」

本多大全がもっとも被害の少ない菅野へ命じた。

「……ですが」

実力の差を見せつけられたところなのだ。菅野が逡巡《しゅんじゅん》したのも無理はなかった。

「殿のお指図じゃ。藩の者ならば誰でも遣《つか》っていい」

数を揃《そろ》えていいと本多大全が菅野を鼓舞した。

「何人遣っても……」

「十でも百でもよいわ」

確認した菅野に、本多大全がうなずいた。

「なれば……」

士気を取り返した菅野が数馬の背中を目で追った。

「いける。お出会い召され、お出会い召され」

菅野が加勢を求める声をあげながら走っていった。

「あの者だけでは、他の者どもも信用いたしますまい。わたくしも参りましょう」

一藩士が主君の命だと言っても、ことが他藩の使者を討つという重大なものだけに、そうそう従うとは思えない。筆頭組頭がその後を追って保証すれば、藩士たちも納得する。

本多大全が菅野に続いて急ぎ足で去って行った。

「殿、なんということをなさる」

啞然として口を挟めなかった結城外記が、綱昌に詰め寄った。

「越前松平家当主として当然のことをしているのだ。口出し無用にいたせ」

綱昌が結城外記を制した。

「当家を潰されるおつもりか」

結城外記が綱昌の正気を疑った。

「余が越前松平を潰すだと……」

綱昌が顔色を変えた。

「加賀前田家の使者を討つなど、理不尽極まりないことでございまする。いかにご一門とはいえ……」

「黙れ、黙れ、黙れぇえ」

諫《いさ》めようとした結城外記に綱昌が大声を出した。

「余が正統でないから、きさまは軽視しておるのだろう」

「な、なんのことでございましょう」

結城外記が困惑した。

「きさまも若狭守の一味だな」

「若狭守さま……松平若狭守直明さまのことでございましょうや。その若狭守さまがなにを……そういえば、津田修理亮どののお名前を殿がお口にされておられたようなし」

ますます結城外記が混乱した。

「ええい、目障りじゃ。下がれ、下がれ。余の命にしたがわぬ者は、不要じゃ」

綱昌が結城外記を指さして、糾弾《きゅうだん》した。

「殿、お鎮まりください」

もう一度結城外記が沈静を求めた。

「ならぬ。結城外記、そなたの家老職を取りあげる。屋敷で謹慎いたせ」

ついに綱昌が切れた。

「……それは」

結城外記が蒼白になった。

「いかようにもお詫《わ》びいたしまする。どうぞ、どうぞ、それだけは」

床に額を押しつけて結城外記が詫びた。

「ふう、ふう、ふう」

荒い息を綱昌が繰り返した。

「どうぞ、殿のご命には決して逆らいませぬゆえ、なにとぞお許しを」

結城外記が平蜘蛛《ひらぐも》のようになった。

「……二度はないぞ」

少し落ち着いた綱昌が結城外記を見下ろした。

「かたじけなき仰《おお》せでございまする」

結城外記がようやく顔をあげた。

「殿、一つお伺いいたしたきことがございまする」

「申せ」

質問を綱昌が許した。

「津田修理亮どのがお出でにございまするや」

「……来おったわ」

苦々しい顔で綱昌が答えた。

「なにを言われました」

核心を結城外記が問うた。

「あやつはな……」

手を震わせながら、綱昌が津田修理亮の話を語った。

「なんということを」

結城外記もあきれた。

「分家が本家の跡継ぎに口を出すなど、無礼にもほどがございまする」

「であろう」

怒る結城外記に、綱昌が首肯した。

「津田修理亮どのはどちらに」

「知らぬ。騒動があるというゆえ、放置してきた。もう、あやつとは会わぬ」

問うた結城外記に綱昌が眉間《みけん》にしわを寄せた。

「さようなさるのが良策でございまする。殿は謁見の間にお戻りなされず、奥へとお入りくださいませ」

「奥へか。津田修理亮がしつこく目通りを求めて来たらどうする。一門の家老を拒み続けるのは難しかろう」

綱昌が嫌そうな顔をした。

大名には大名としてのつきあいがあった。とくになにかあったときの助けにもなる一門とのつきあいは深く、その代理たる家老職はないがしろにはできなかった。

「その辺りはお任せを。奥へ入られ、しばらくご気分が優れぬといたせばよろしゅうございましょう」

体調が悪いとなれば、将軍家の使者でも来ない限り、他人と会わずにすむ。さすがに無理を強《し》いて、体調の悪化などを招いては大変なことになるからであった。

「仮病を使うか」

「とんでもございませぬ。仮病ではございませぬ。殿は、津田修理亮の話を聞いてご気分を害されました。悪くなったご気色をお癒《いや》しになるためには、奥でお休みを取られるのがもっともよろしいかと」

「たしかにそうじゃな」

機嫌を取る結城外記に、綱昌が納得した。

「お国御前さまとむつまじくなさいませ。お世継ぎさまがおできになれば、誰も口出しできなくなりましょう」

「国御前とか。それもよいな。わかった、余は当分の間、奥に籠《こ》もる。誰にも会わぬぞ」

「御意」

気に入りの側室を思い出したのか、綱昌の機嫌がよくなった。

「奥へご案内いたせ」

付いていた藩士に、結城外記が命じた。

「はっ」

藩士が綱昌の前に立って、奥へと向かった。

「……やれ、なんとか罷免《ひめん》だけは避けられた」

見送った結城外記が安堵した。

「次席家老という役目を失えば、藩士たちを動かすことができぬ。謹慎などさせられては、なんの手を打つこともできず、本多大全の思うがままになっていたところだ」

結城外記が立ちあがった。

「愚かな者ばかりじゃ。前田家との争いを幕府へ持ちこんでみろ。たしかに上様は大喜びされよう。前田家と面倒な一門である越前松平双方に傷をつけられるとな」

苦い顔を結城外記がした。

「喧嘩《けんか》両成敗が幕府の祖法じゃ。前田家を傷つけた刀は、その返しで越前松平をも斬る。それくらいのこともわからぬのか、本多大全は。まったく、同じ本多の名前でも、加賀の本多とでは格が違いすぎる」

結城外記が番士たちの控え室を開けた。

「やはり出払っているか」

すでに本多大全によって番士たちは駆り出されていた。

「馬廻《うままわ》りどもを使うしかないな」

控え室の襖を開け放したまま、結城外記が足を速めた。

石動庫之介と数馬は、御殿玄関近くで合流した。

「殿、ご無事で」

「そなたもな」

主従は目で互いの無事を確認した。

「越前を離れるぞ」

「承知」

なにがあったかを訊かず、石動庫之介が前に立った。

「刑部どのはどこに」

「わかりませぬが、すでに事態を把握なさっておられました」

問うた主に、石動庫之介が答えた。

襲撃を報せに来たくらいである。刑部が状況を知らないとは思えなかった。

「ならばよし」

数馬はうなずいた。

「待て、待て」

二人の背後から制止の声が聞こえてきた。

「……………」

逃げると決めたら、後ろを確認するべきではない。ましてや追っ手に返事をするなど無駄どころか、速度を落とす原因でしかない。

「その者たちを逃がすな」

菅野が大声で周囲の藩士たちに告げた。

「えっ」

「なんだ」

言われた藩士たちが戸惑った。

「加賀藩前田家瀬能数馬である。邪魔をするな」

言われたからと出てきた越前藩士たちに、数馬が身分を告げた。

「加賀藩士……」

他藩の家臣に手出しをすれば、面倒になる。これくらいは誰でもわかっている。おもわず、立ち塞《ふさ》がろうとした藩士たちが止まった。

「なにをしている。殿のお指図じゃ」

遅れて出てきた本多大全が叫んだ。

「殿の……」

「ご命ならば」

藩士たちが気を取り直した。

「討ち果たしても」

「やむを得ぬときだけにせよ。できるだけ殺すな。不意討ちへの対応であったときと追っ手を返り討ちにするのは違う」

殺気を見せた石動庫之介に、数馬が条件を付けた。

「難しいことを仰せになる」

石動庫之介が嘆息した。

殺すのは簡単であった。首の血脈、鳩尾《みぞおち》などの急所を一撃するだけで、相手は確実に死ぬ。しかし、生かしたまま無力化するには、それ以上の手間が要《い》った。手加減ほど難しいものはない。真剣での戦いで手加減をするには、そうとうな腕の差がなければならなかった。

「人使いの荒いのと無茶を言うのは、主君譲りなのでな」

綱紀のことを引きあいに数馬は出した。

「そこに本多さまが加わるのはご勘弁願いたく」

石動庫之介が冗談を口にした。

「義父上どのに似る……それはこちらから勘弁じゃ」

数馬も冗談を返した。

「門を閉めろ。城から出すな」

後ろから本多大全の声がした。

「まずいぞ。閉じこめられては勝ち目がない」

数馬が頬《ほお》をゆがめた。

ここは越前福井藩松平家の城のなかなのだ。敵はいくらでも増援できるが、こちらは二人きりのままである。どれほど石動庫之介の腕が立っても、そう長くは持ち堪《こた》えられなかった。

「急ぎまする」

石動庫之介が数馬を引き離す勢いで走り出した。

「門を閉じるぞお」

城の大手門は重い。一人二人ではそう容易《たやす》く開け閉めできない。門番が人を集めようとした。

「……あつっ」

「あわっ」

大手門に取り付いていた藩士たちが、苦鳴をあげてうずくまった。

「お急ぎを」

不意に数馬の背から声がした。

「刑部どのか」

数馬は声で判断した。

「委細はわかっておりまする。すでに事の次第を国元に報せるべく軒猿《のきざる》を一人走らせましてございまする」

手は打ったと刑部が述べた。

「助かる」

感謝しながら、数馬と石動庫之介と刑部は大手門をくぐり抜けた。

「ここからどうする」

数馬は問うた。

城のなかを抜けるために走ったが、いつまでも続けられるわけはない。いずれ体力が尽きてしまう。

「こちらへ」

刑部が案内するとして、前へ出た。

「頼む」

数馬は刑部に付いて城下へと進んだ。

どこの城下も同じだが、攻められたときのことを考えて町並みは造られている。とくに加賀前田家の侵攻を抑えるという目的で造られた福井城は、要害としての役目に重点が置かれている。

金沢城もそうだが、攻め手がすぐに城へ取り付けぬよう、城下の道はまっすぐ延びず、ところどころで曲がったり、行き当たったりする。地理をわからずに闇雲に走れば、たちまち迷子になり、袋小路に追い詰められる羽目になる。

それを自宅の庭のように刑部は、縦横無尽に動いた。

「追っ手の姿が見えなくなりましてござる」

刑部が先頭に立ったとき、殿《しんがり》へと場所を移していた石動庫之介が報告した。

「一安心だな」

数馬は足を緩めた。駆け続けで息が上がっていた。

「いえ、まだでございまする」

刑部が、数馬の油断をたしなめた。

「ここは越前松平家の城下でございまする。なんとかなかへ入りこむことで追っ手を撒《ま》きましたが、向こうも馬鹿ではありませぬ。すでに城下からの出口はしっかり抑えられておりましょう」

袋の鼠《ねずみ》になっただけだと刑部は告げた。

「強行突破はできぬか」

「弓矢、鉄炮《てつぽう》だけでなく、騎馬も用意しておりましょう」

江戸ではない。どれだけ鉄炮を撃とうが、馬を走らせようが、文句は出ない。

「瀬能さまを逃がせば、他藩の士を謀殺しようとした本多大全は終わりでございまする。必死になりましょう。城下を出たとしても国境《くにざかい》まで半日、まず逃げきれませぬ」

地の利は敵にある。刑部が首を左右に振った。

「では、どうする」

「結城外記さまのお屋敷へ匿《かくま》っていただこうと思っておりまする」

尋ねた数馬に刑部が述べた。

「なんだとっ」

刑部の提案に、数馬は目を剝いた。

「追われる者は逃げ出そうとするものと考えるのが普通。それを逆手に取りまする」

「結城どのが応じるか」

数馬たちを匿うのは、主君の命に背くことになる。数馬が懸念を表した。

「家と主君の命。どちらが重いか。あの御仁ならおわかりでしょう」

刑部が続けた。

「もし、駄目ならば、血路を開くだけでございまする。退きざるの真価をお見せいたしましょう」

なんとしてでも数馬だけは生かして脱出させると刑部が宣言した。

第五章　獅子身中の虫

一

富山藩国家老近藤主計《かずえ》は、なんとか身分を偽《いつわ》って江戸へ出、老中大久保加賀守忠朝《かがのかみただとも》に庇護《ひご》を求めた。

「よくぞ、無事に」

さすがに大久保加賀守に面会させるわけにはいかない。諸藩重職の無断出府の禁を老中が犯すことはできなかった。

近藤主計は、大久保加賀守家の江戸用人須浜右衛門佐《すはまうえもんのすけ》の長屋で匿《かくま》われていた。

「加賀より富山のほうが、江戸に近うございますれば」

近藤主計が安堵《あんど》のうちに告げた。

「いや、そうではない。距離など端《はな》から考えておらぬ。よく、加賀の本多が黙ってそなたを見逃したなと」

須浜が首をかしげた。

「失敗したとわかった途端に逃げましたので、間に合わなかったのでは」

富山と金沢の中間、高岡《たかおか》で綱紀を襲った富山藩士たちは、瑞龍寺《ずいりゅうじ》を守る火灯《ほあか》り人《にん》と瀬能数馬らの活躍で壊滅した。その報せを受けた瞬間、近藤主計は家族も同僚も振り捨てて、吾《わ》が身一つで逃げ出していた。

「それほど甘いはずはない」

本多政長の実力を低く見積もっている近藤主計に、須浜は小さく首を横に振った。

「まあいい。しばらくは休まれよ」

須浜は近藤主計を客として遇した。

「そうさせていただきましょう」

近藤主計が客間へと引いていった。

「……生かしておくべきか、それとも殺すべきか。生かして加賀の本多との交渉材料とするか、密かに殺し、知らぬ存ぜぬで押し通すか」

一人になった須浜が思案に入った。

「今回の襲撃、裏に当家があることくらい、本多が気付いておらぬはずはない。おそらく今も当家を本多の手の者が見張っていよう」

老中の用人は、藩でも優秀な者でなければ務まらなかった。家老のように藩政だけを見ていればすむというわけにいかないのだ。用人には、諸藩とのつきあいや、主の職務への手伝いが求められる。こういった裏の仕事も用人の役目であった。

「さっさと殺して、本多にこれ以上手出しはせぬと表する……わけにはいかぬな。当家の悲願である小田原《おだわら》への復帰は上様のお心ひとつで決まる。なんとしてでも上様のご機嫌を取らねばならぬとなれば、加賀の前田を利用するがもっともよい」

大久保家は徳川家康が天下人となったあと、小田原を領地として与えられた。小田原は西から江戸へと攻めてくる軍勢を抑える最後の難所箱根峠《はこねとうげ》を預かる東海道の要地であり、この地を預かることは、徳川の家臣としての誉れであった。

その小田原を大久保は本多佐渡守《さどのかみ》の策略で奪われ、遠く唐津《からつ》へと飛ばされた。

なんとか大久保加賀守が家綱の信を受け、老中となり九州長崎警固《けいご》の役目を課せられている肥前《ひぜん》唐津から下総佐倉《しもうささくら》へと転封されてはいたが、まだ父祖の地である小田原へは戻れていなかった。いや、戻れる気配さえなかった。

当然である。下総佐倉は三代将軍家光の寵愛《ちょうあい》を受け、その死に殉じた堀田加賀守正盛が封じられたことでもわかるように、江戸を北の脅威から守る要であり、譜代でもよほど信頼を受けていないと与えられない栄誉の地であった。

つまり、表だって大久保家は領地に文句が言えない状況であり、佐倉ではと不満を漏《も》らせば、それこそ幕臣すべてからそっぽを向かれかねない。

しかし、父祖が徳川家康に忠誠を尽くし、二代将軍秀忠の守《も》り役を務めて得た小田原への思いは深い。

「本多への恨《うら》みもある」

徳川家康が大御所となり、秀忠が将軍になった。つまり天下に二人の主《あるじ》ができた。本来ならば現職の将軍である秀忠が格上になるのだが、天下を取ったのは家康だという功績で秩序は乱れていた。

幕府として秀忠が出した令を、大御所の家康が否定したり、ひっくり返したりするのだ。当然、大名たちも秀忠より、家康の機嫌を伺う。

そうなれば幕府執政よりも、家康の側近たちが強くなる。秀忠の側《そば》にあった大久保家と、家康の側にあった本多家の争いが始まった。とはいえ、これは家康と秀忠の権力争いの代理でしかなかった。

結果、家康の威を使った本多家に大久保家が負け、小田原を取りあげられた。

しかし、家康が死んだ途端、秀忠による報復が始まり、本多家はほぼ根絶やし状態にされ、大久保家は譜代名門大名に復帰した。

「唯一残った本多佐渡守の直系、加賀の本多」

大久保家にかかわる者すべてが、本多佐渡守の血筋を呪っていると言える。

「殺すのはいつでもできる。生かして使う方法を考えるべきだな」

須浜が結論を出した。


本多政長が抱える軒猿《のきざる》は、足軽継《あしがるつぎ》という加賀藩独自の連絡法を取り入れていた。

福井城下を抜け出た最初の軒猿は日野川《ひのがわ》を渡ったところで、控えていた別の軒猿に情報を渡し、二番目の軒猿は大聖寺《だいしょうじ》で三番目の軒猿にと引き継ぎ、絶えず全力で走ることで一日かからず金沢まで、数馬の状況を伝えた。

「愚かにもほどがあるわ」

綱昌の対応とそれを煽《あお》った本多大全の行動に、本多政長はあきれかえった。

「藩を潰《つぶ》す気か」

本多政長が吐《は》き捨てた。

「左近衛権少将さまがいささか未熟とは、殿からお話ししていただいていたが……ここまで愚かだとは思わなかったわ。大藩の主《あるじ》の責務がなんなのか、まったくおわかりではない。藩主第一の役目は家を潰さぬことじゃ。藩を大きくするだとか、良地への転封などはその後に付いてくる。狙ってどうなるものではない」

大きく本多政長が首を横に振った。

「父上さま、福井から軒猿が急報をもたらしたと」

そこへ琴があわてた様子で顔を出した。

「知ってしまったか。まったく、そなたに女軒猿を預けるのではなかったな」

本多政長が嘆息した。

「旦那《だんな》さまの身になにかございましたので」

父親の嘆きを無視して、琴が問うた。

「話さぬわけにはいかぬか。黙っていれば、勝手に動きかねぬ」

無駄にある娘の行動力を本多政長が嘆いた。

「福井からの報せは……」

「旦那さまを討ち果たそうなどと」

説明した本多政長に、琴がすさまじい顔をした。

「おい、その顔を見せるのは、儂《わし》だけにしておけよ。瀬能に見せたら、役立たずになるぞ」

　本多政長が琴を宥《なだ》めた。

「……見せるはずはございませぬ。女はいつでも愛しい男の前では菩薩《ぼさつ》でありますゆえ」

　父親の揶揄《やゆ》に、琴が落ち着いた。

「外面如菩薩《げめんにょぼさつ》、内心如夜叉《ないしんにょやしゃ》とはよく言ったものだな」

　本多政長が感心した。

「どうなさるおつもりでございましょう」

　琴が直裁《ちょくさい》に訊《き》いた。

「まずは瀬能たちの救出である」

「はい」

　父親の返事に、琴が安堵した。

「表だっての返還交渉はできぬ。向こうが素直に応じるとも思えぬ」

「はい」

　琴がうなずいた。

　当たり前の話であった。越前《えちぜん》松平家としては、知らん顔をするしかないのだ。

「当家に心当たりなし」

「そのような人物が来訪した事実は認められず」

数馬が来たということを否定する。旅には危険がつきものなのだ。途中で賊に襲われて死んでしまうことも、山滑りや川の増水で行方不明になるなど、日常茶飯事とまではいわないがままある。

「ひそかに救い出すしかない」

本多政長が告げた。

「どのようになさるおつもりでございまするか」

琴が尋ねた。

「こちらが表沙汰《おもてざた》にせぬよう気遣《きづか》ってやったのに、この始末じゃ」

「…………」

「殿を狙っただけでも許しがたいというに、それへの対処を求めに行った瀬能まで利用しようとするなど、論外である」

表に出してはいなかったが、琴以上に本多政長は怒っていた。

「父上さま……」

「交渉はせぬ。かといって力尽くで奪い返すわけにはいかぬ」

苦く本多政長が頰《ほお》をゆがめた。

いかに百万石とはいえ、相手は徳川の一門なのだ。喧嘩《けんか》を売って損をするのは、前田家であった。

「わたくしにお任せいただきたく」

「そなたが……なにをすると」

言い出した琴に、本多政長が首をかしげた。

「久しぶりに京へ参ろうかと存じまする」

「四辻《よつつじ》さまを訪ねるか」

「はい」

確認した父に、琴が首肯《しゅこう》した。

「ふむ……」

本多政長が考えこんだ。

「……そういえば、四辻公韶《きんつぐ》さまは昨年一月に従五位から正五位へ昇られていたな。四代将軍家綱さまのご不例があったとはいえ、まだ御祝いもしておらぬ」

「この度《たび》、他家へ嫁するにおいて、御免状の交付をお願いいたすという名目も立ちましょう」

琴が告げた。

四辻家は京の公家である。藤原北家閑院流《かんいんりゆう》、西園寺《さいおんじ》家の支流で一条公経《いちじようきんつね》の四男室町《むろまち》権大納言《ごんだいな》実藤《ごんさねふじ》を祖とする。室町幕府設立以降、将軍家を憚《はばか》って四辻と称した。

現当主の公韶《きんつぐ》は、十七代目にあたる。寛文《かんぶん》十年（一六七〇）生まれでまだ十歳をこえたばかりであるが、叔父三位権中納言季賢《すえかた》が寛文八年に三十九歳の若さで亡くなり、後を継いだ季賢の弟で父の左中将《さちゆうじよう》季輔《すえすけ》も三十歳で急死という事態を受け、五歳で叙爵《じよしやく》、七歳で昇殿を許され、侍従に任じられた。

京洛中梨木町《なしのきちよう》に屋敷を構える四辻家は家禄二百石と少ないが、神楽、琴、箏《そう》の家柄として知られており、琴もその名にちなんで四辻流の琴を学んでいた。

もちろん、京へ修業に出るとか、四辻家の者を金沢へ呼んで教えを請うというわけではなく、金沢にいる四辻流の師範から学んだだけであるが、四辻まで贈りものをし、師弟関係を結んでいる。

これは孫弟子という格になるのを嫌がって、本家の直弟子という体裁を取るものだが、名門の姫や娘はこういった形をままおこなっていた。

「筋は通るか」

「通りましょう」

呟《つぶや》くような父に、娘が同意した。

「儂が行くとなれば、いろいろ差し障りもあるが、娘ならば問題にもならぬであろうしな」

幕府は諸大名が京の公家たちと交流するのを嫌った。朝廷の持つ大義名分を諸大名が振りかざし、幕府を朝敵として糾弾《きゅうだん》するのを避けるためであった。

しかし、女にはそこまで厳しい制限をかけなかった。幕府にとって、いや、武家にとって、当主になれない女はあくまでも法の対象外なのだ。

事実、大名が切腹、家が改易という重罰を与えられても、女は流罪にさえならない場合が多い。そのほとんどは縁者預けか、よほどかかわりが深かったときでも仏門入りまでで、謀叛でもなければまず死罪を命じることはなかった。

「まだわたくしは仮祝言《かりしゅうげん》の身。数馬さまの妻となってはおりますが、まだ殿のお許しを得ておりませぬ」

仮祝言の段階で藩庁に届け出ることもあるが、今回は数馬がそのまま越前松平家まで使者に出たため、まだであった。これは本多家から瀬能家への輿入《こしい》れとなるため、瀬能家から届け出るのが筋とされているからであった。

「まだ本多の娘という格式を持っているわけだ、そなたは」

本多政長が琴を見た。

「それを利用いたしまする」

琴が告げた。

加賀の本多家は前田家の筆頭宿老で、徳川家康の側近だった本多佐渡守《さどのかみ》正信の血筋だが、身分は陪臣《ばいしん》でしかなかった。

本多政長の父政重は、従五位下安房守《あわのかみ》という官職を与えられていた。が、関ヶ原《せきはら》の合戦以降、徳川幕府が陪臣の官を停止《ちょうじ》したことで加賀の本多家は無位無冠となった。

とはいえ、五万石という、そのあたりの譜代大名と変わらぬ身代、本多佐渡守の血筋という経歴は、無視できるものではない。その本多家の姫が京へ旅をするとなれば、行列を仕立て、本陣、脇本陣を使うことになる。

「行列の日程に、福井を入れ、あらかじめ伝達しておけば越前松平家としても拒めますまい」

琴が話した。

幕府は街道の通行を各藩の判断で止めることを禁じていた。でなければ、東海道や中山道などの主要街道の通行が保証されなくなり、流通に大きな障害が出てしまう。

「その行列に数馬たちを紛《まぎ》れ込ませると」

「…………」

琴が無言でうなずいた。

「左近衛権少将どのは、常軌を逸しておるぞ。下手をすれば行列を検《あらた》めると言い出しかねぬ」

娘の身にも危険が及ぶ可能性がある。本多政長が眉間《みけん》にしわを寄せた。

「夫の危機になにもせぬでは、妻としてこれから先やっていけませぬ。女駕籠《かご》を検めるだけの気概をお持ちかどうかを確かめさせていただきます」

「普通の妻なら、神仏に祈るのが精一杯なのだがな」

「わたくしは父上さまの娘、本多佐渡守正信さまの曾孫でございまする。黙ってやられているだけなど、辛抱いたしかねまする」

あきれる父に、琴が反論した。

「……よかろう」

本多政長が認めた。

「教えてやるがいい。越前松平が誰に手を出したかということをな」

「お任せくださいませ。決して名に恥じぬだけの働きをいたしまする」

琴が胸を張った。

二

すぐにでも出立《しゅったつ》したい琴だったが、行列を仕立てて他領へ行くとなれば、藩庁の許可が要《い》る。筆頭宿老の姫の求めを藩庁が拒むことはないが、本多政長には政敵が多い。拒否はできなくとも、日延べくらいはしてのける。手続きを言い出せば、いくらでも足を引っ張ることはできた。

「一刻を争う」

他家の城下でのもめ事だけに、数馬たちがいつまでも耐えられるとは思えなかった。本多政長は、まず最大の政敵である前田対馬《つしま》孝貞を説得した。

「……こういう事情でな」

「む、それは真《まこと》か」

包み隠さず告げた本多政長に、前田孝貞が驚いた。

「藩として喧嘩を売られたのだ。これが本多家へのものならば、密かにやっている」

嘘ではないと本多政長がうなずいた。

「たしかに本多どのならば、越前松平家を後悔させるなど容易であろうが……」

「…………」

政敵に実力を認められた本多政長が苦笑した。

「しかし、それでよいのか。藩として正式に抗議するべきであろう。先日の弓のこともある」

前田孝貞がまずは外交から入るべきではないかと言った。

「認めるわけはなかろう」

本多政長が首を左右に振った。

「それくらいは承知いたしておりますぞ。ただ、一応抗議をしたという実績を作っておくべきではないかと」

「幕府が介入してくるとお考えのようじゃな」

すぐに前田孝貞の言葉の奥を本多政長が汲《く》んだ。

「そこまで愚かかの、越前松平は」

「これだけのことをしてのけたのだ。左《さ》近衛権少将《こんえのごんしょうしょう》さまも、その本多大全とか申す輩《やから》も、瀬能が見つからねば、自暴自棄になるのではないかの」

「できれば幕府に知られず、なんとか始末を付けたいと思っているのだが……」

本多政長は渋った。

「上様がどう出られるかが、わからぬ。越後高田《えちごたかだ》のこともある」

「それは確かでござるが……もし、向こうが先に訴え出たときに、こちらがなにもしていないとなれば」

「こちらの言いぶんに義がないと取られるか」

前田孝貞の話に、本多政長が腕を組んだ。

「やれ、吾が娘婿《むすめむこ》のことだと、いささか気が急《せ》いていたようだ」

本多政長が前田孝貞の案を呑《の》んだ。

「いや、もとはといえば、当家のなかに越前家と通じていた者がいたことに端を発している」

前田孝貞が苦く頬《ほお》をゆがめた。

「問題はだ、いつその使者を出すかじゃな」

「たしかに……」

本多政長と前田孝貞が唸《うな》った。

「早いと、どうして知ったかということになる。こちらの手のうちを向こうに教えるのはまずいな」

「かといって遅いと先手を取られるかも知れぬ」

二人が協議に入った。

「越前福井から江戸まで、早馬を使って何日くらいであろうや」

前田孝貞が尋ねた。

「そうよな。およそ百三十二里（約五百二十八キロメートル）ほどであろうかの。詳しくは知らぬ」

ざっとした答えを本多政長が告げた。

「早馬を使えば、およそ五日ほど」

「まあ、関所もある。六日はかかるだろう」

前田孝貞の見積もりを本多政長が訂正した。

「福井からの報せはいつ」

「今朝方《けさ》であった」

「ことは昨日にあった」

「うむ。一日出遅れていることになるな」

本多政長がうなずいた。

「こちらも江戸へ足軽継を走らせるか」

「いや、なにもこちらから火を求めずともよかろう」

足軽継を使えば二日で江戸へ報せが着く。こちらから先に幕府へ越前福井藩松平家を訴えたほうがいいのではないかと言った前田孝貞に、本多政長が否定した。

「とりあえず、殿のもとへお話を」

「同道いたそう」

政敵への根回しを終えたと本多政長が、綱紀のもとへ行くと告げたのに、前田孝貞が同意した。

綱紀は参勤で江戸に出ていた間に領国で起こった事象を確認していた。

「昨夏の冷えが響いたか」

稲の稔《みの》りが思ったほどではなかったことに綱紀は嘆息した。

「金山の採掘が順調なのが救いだな」

加賀前田家は百万石と言いながら、長い雨と寒い気候が仇《あだ》となり、実高は表高に及ばない。それを補っているのが金山であった。

加賀藩には、藩祖前田利家が開発した宝達山《ほうだつさん》という金山があった。ほかにも銀山などもあり、そこからの上がりが加賀藩の大きな支えとなっていた。

「能登《のと》の輪島湊《わじまみなと》からの運上も悪くはないな」

少し綱紀の表情が緩んだ。輪島は商都大坂と松前《まつまえ》を結ぶ北前船《きたまえぶね》の重要な寄港地である。北前船の多くが輪島に寄港し、大坂から持ち寄ったものを売り、金沢の特産物を買う。こういった交易での利は輪島を潤《うるお》し、加賀藩が課す湊の使用料とも言うべき運上を増やしてくれる。

「だが、金山も運上も多すぎると幕府に目を付けられる」

綱紀が瞑目《めいもく》した。

どこの大名も内証《ないしょう》は切迫している。九州や奥州など参勤交代に手間のかかる遠隔地の小藩のなかには、すでに借財で身動きが取れない状況になっているところもある。

百万石の加賀藩も状況は芳《かんば》しくない。

参勤は江戸まで十日ほどでいけるとはいえ、その行列は四千人をこえる。また、それだけの藩士を、すべてではないとはいえ、一年江戸に駐留させるのだ。

生活にかかわるすべてが金沢の倍以上になる物価の高い江戸で、何千という藩士を抱える。その費用たるや膨大なものになる。

大藩という面目のためであるが、加賀藩前田家も楽ではない。

いや、武家全体の問題であった。もちろん、徳川もその運命から逃れられなかった。

参勤交代をしない徳川家だが、その城下江戸におおいなる問題を抱えていた。天下の城下町としての拡充に、防災が追いついていないのだ。

天下人のお膝元《ひざもと》には人が集まる。参勤の武士、それらを相手にする商人、職人、遊女など、合わせれば数十万の人が江戸にはいる。

当然それらが住む場所が居る。毎日何十、何百という家が増えていくのだ。とても幕府でも把握しきれない。秩序のない拡張は、一度火事になると手に負えない被害を出す。四代将軍家綱のときにあった明暦《めいれき》の火事がその典型であった。

明暦三年（一六五七）一月十八日、本郷から起こった火事はおりからの風にあおられて江戸を焼き尽くした。その被害、大名、旗本の屋敷五百余、社寺七百余、五百町以上が焼失したとされ、焼死者の数は十万二千百人をこえた。この惨事に幕府もお救い米の供出、家屋再建の補助金などを出した。

また、これだけの火事である。江戸城も無事ではすまず、天守閣を含め、表御殿、諸門、櫓《やぐら》と多くの建造物を失った。この再建にも莫大《ばくだい》な金が要った。

結果、徳川も金がなくなった。

金がなくなった権力者がなにをするか。いつの時代もこれは変わらない。下の者から召しあげるのだ。

さすがに幕府が、大名に金を寄こせと脅《おど》しをかけるわけにはいかなかった。ではどうするか。大名たちの領地のなかで交易の要地である良港や金山を召しあげるのだ。

もちろん、なんの罪もない大名から取りあげることはできない。幕府は法度《はっと》の規範でなければならず、恣意《しい》での振る舞いは非難を浴びる。

将軍は公明正大、清廉潔白でなければならない。だからこそ、大名が罪を犯すのを待ち受けている。越前松平と加賀前田がもめたとあれば、幕府はすぐに介入してくる。

どちらに理があるなどどうでもいいのだ。口出しをする機会さえあれば、将軍の権威をもって大名から領地を取りあげられる。

「殿、不意のお目通りをお許しいただきたく」

「爺《じい》と孝貞か、珍しいな、そなたたちが揃《そろ》っての目通りとは。よいぞ」

少しだけ目を大きくした綱紀が手にしていた書付を置いた。

「まずはお詫《わ》びを申しあげなければなりませぬ。瀬能がしくじりましてございまする」

本多政長が手を突いた。

「瀬能が……なにがどうなったのだ」

綱紀が説明を求めた。

「一刻半（約三時間）ほど前に、軒猿《のきざる》が報せを持って参り……」

最初から本多政長が語った。

「……左近衛権少将が、そのようなことを。たしかに気の弱いところはあったが、そこまで愚かとは見えなかった。誰かにそそのかされたか」

綱紀が眉《まゆ》をひそめた。

「いかがいたしましょう。瀬能の藩籍を削って、知らぬ顔をするという手もございまするが」

「試すのはよせ、爺」

本多政長の言葉に、綱紀が不快そうな顔をした。

「そんなまねをしてみろ。加賀藩前田家は、なかから崩れるわ」

「なんのことでございましょう」

前田孝貞が首をかしげた。

「本多家が獅子身中の虫になるということだ。ああ、今もそうだという孝貞の論は不要だぞ。堂々たる隠密と言われ、目立っている本多家が獅子身中の虫なわけなかろう。どこにとげが刺さっているかわかっていれば、抜くのはいつでもできる。獅子身中の虫の怖ろしさは、どこに刺さっているかわからないところにある」

綱紀が前田孝貞の批判を止めた。

「瀬能を福井に行かせたのは、余だ。主命で出た者を見捨てるようでは、家臣たちの忠誠を集められるわけなかろうが」

「さすがでございまする」

言い切った綱紀に、本多政長が感服した。

「なにより、琴をいきなり後家にする。そんな怖ろしいまね、したくもないわ」

わざとらしく綱紀が震えた。

「よく、吾が娘のことをご存じで」

「幼なじみだからな。子供のころ、なんど泣かされたか」

「それは存じませんでした。娘の無礼、親としてお詫び申しあげまする」

思い出した綱紀に本多政長が謝罪した。

「気にするな。で、どうすると」

「対馬どのの策と合わせて琴が……」

本多政長が述べた。

「おおむねはそれでいい。ただし、江戸へは報せておく。でなくば、幕府からの問い合わせなどがあったときの対応に困るだろう」

「横山ではなく村井のもとへでございますな」

「うむ。あと、堀田備中守《びっちゅうのかみ》さまのお耳にも入れておけ」

指示を確認した本多政長に綱紀が付け加えた。

「堀田さまに……よろしいのでございますか」

前田孝貞が驚愕《きょうがく》した。

堀田備中守正俊は、五代将軍綱吉の寵臣《ちょうしん》である。綱吉に敵対した綱紀の粗《あら》を教えるなど、敵に塩を贈るに等しい。

「いろいろあってな。備中守さまとは手打ちをしたのだ」

「それはなによりでございますな。敵は少ないほうがよろしゅうございまする」

詳細を語らない綱紀を本多政長が称賛した。今は時間《とき》が惜しい。聞きたそうにしている前田孝貞を牽制《けんせい》したのだ。

「福井への詰問使はいつ出しましょうや」

本多政長が問うた。

「すぐに出せ」

「よろしゅうございますので。こちらにそれを知るだけの手立てがあるとあちらに教えることになりますが」

前田孝貞が危惧《きぐ》した。

「構わぬ。二度と馬鹿をする気にもならぬように、加賀の力を見せつけておくべきだ」

綱紀が断じた。

「余《よ》は左近衛権少将どのをよく知っている。なにせ、江戸城では絶えず隣同士なのだからな。気の弱い真面目な若き藩主だ。その左近衛権少将どのが、知らぬ仲でもない余を嵌《は》めようとする。まちがいなく後ろで糸を引いている者がいる。そやつにしっかりと力の差を叩《たた》きこむ。仕掛けて来たのは向こうぞ。叩き返されて当然だ」

かなり綱紀は怒っていた。

「わかりましてございまする。しっかりと身のほどを知らせてやりましょう」

本多政長が笑った。

「…………」

綱紀と本多政長の遣《や》り取《と》りに前田孝貞が沈黙した。

三

武田法玄の決意が固まった。

「江戸の闇に、吾が名を刻む。一同、奮《ふる》え」

「おう」

「やってくれるわ」

頭領の鼓舞に新二十四将を始めとする配下たちが気炎を吐《は》いた。

「百万石を下す。目標は二つ。一つは我らの仲間を殺した女の捕縛《ほばく》。できるだけ殺さず、連れて来い。二度と、我らに刃向かおうとする気を起こす者が出ないよう、むごたらしく陵辱したあと、日本橋に晒《さら》すためだ」

武田法玄が残っている二十四将と一門衆を見回した。

「どうしようもないときは、いかがいたせば」

二十四将の一人で軍師役の山本伊助が問うた。

「そのときは殺していい。死体はできるだけ持ち帰れ。少なくとも屋敷から出せ。世間に末期《まつご》を見せることだけはせねばならぬでな」

見せしめに武田法玄がこだわった。

「次に前田家の御殿を焼く」

「よろしいので。火事は町方だけでなく、火付《ひつ》け盗賊改《とうぞくあらた》め方《かた》もやっきになりますが」

山本伊助が懸念を表した。

「捕まるようなへまをする者は、ここにはおるまい。捕まらなければ、なにをしてもいいのが、闇の決まりだ」

懸念を武田法玄が一蹴した。

「皆の者、今日の働き次第で、欠けた二十四将の追加をおこなう」

「おおおう」

「ありがたし」

二十四将ではない配下たちが歓呼の声をあげた。

「もちろん、二十四将どもにも褒美《ほうび》は考えている。少し後になるが、今回のことで吾がもとへ膝《ひざ》を屈してきた連中の縄張りをくれてやる」

「けっこうだ」

「いいな」

一条を始めとする二十四将たちが喜んだ。

「そして、太郎と四郎」

最後に武田法玄が二人の息子を見た。

「明日、そなたらのどちらを跡継ぎにするか、決める」

「…………」

「やっとか」

太郎は沈黙し、四郎は不敵な笑いを浮かべた。

「女が一番手柄、表御殿は二番手柄だ。もちろん、一番乗りも功名とする」

武田法玄がもう一度、一同を鼓舞した。

「軍師、あとは任せる」

「お預かりいたしました。では、軍勢を二手に分けまする。太郎さま、十二名を連れて表から攻めを、四郎さまは残りを連れて、裏からお願いをいたしやす。一同、退《ひ》き鉦《がね》の音を聞き逃すな。退き鉦が聞こえたら、どのような状況でもただちに撤退、吉原《よしわら》の大門うちで集合とする。決して、ここへ戻るな」

軍師らしい口調で山本伊助が告げた。

「吉原大門うちは常世に非ず、苦界じゃ。御上でも手出しができぬ。追撃があっても相手にするでないぞ」

武田法玄が念を押した。

「典厩、そなたに退き鉦を預ける」

「お預かりいたしまする」

弟で僧体の典厩に武田法玄が法事で使う鉦を渡した。

「よし、出陣じゃあ」

本堂本尊前で座っていた武田法玄が立ちあがって、右手を振り下ろした。


加賀前田家江戸上屋敷には、奥を含んだ表御殿、火薬と弾を保管する土蔵、什器《じゅうき》などの蔵、そして江戸へ勤番で出てきている者の宿舎となるお貸し小屋が並んでいた。

「表門は閉じてやすぜ」

太郎に付けられた配下の一人が、すばやく物見をすませてきた。

「潜《くぐ》り門《もん》の閂《かんぬき》はどうだ」

「見たところではわかりやせん」

問われた物見が首を振った。

「軍師、表門を壊せると思うか」

念のため一行は掛け矢という大きな木槌《きづち》を用意していた。

「手間をかければできましょうが、かなり……」

大名の江戸屋敷は出城扱いである。その大門はかなり頑丈《がんじょう》に造られている。それこそ加賀藩上屋敷の表門ともなれば、ちょっとした城の大手門に匹敵する。

「手間取れば四郎に先をこされるか。ちっ、派手にして見せて、手柄としたかったものを」

太郎が舌打ちをした。

「潜り門ならどうだ」

「岩松《いわまつ》の力ならば一撃かと」

確認された山本伊助が、ちらと掛け矢を軽々担いでいる大男を見た。

「しかたない。妥協するか」

太郎が肚《はら》を決めた。

「突っこむぞ。まずは門番を始末する」

「おう」

十二人が駆け出した。

加賀藩の脇門は麟祥院《りんしょういん》を右に見ながら西へ進んだところにあった。

主として上屋敷に住んでいる藩士やその家族の出入りに使われている脇門は、表門と比べて幅も半分ほどしかなく、造りもさほど頑丈なものではなかった。

「いけるな」

四郎が掛け矢を持っている若い男に確かめた。

「あのていどならば、すぐに」

若い男がうなずいた。

「うむ。では、行くぞ。入ったら好きに暴れろ。ただし、女は御法度だ。どれほどいい女がいても、手を出すな。女をやっている暇があれば、敵を葬れ。あと、目的の女を見つけても手出しをするな。あいつは、吾《われ》の獲物だ」

四郎が念を押した。

「お宝は、どうでござんしょう。百万石でござんすよ。値打ちのあるものも転がっておりやしょう」

鳶口《とびぐち》を武器に持っている男が尋ねた。

「好きにしていい。だが、目的を忘れるな。そっちに夢中になって、表に後れを取るようだったら、承知せぬぞ」

「へい」

釘を刺された男が頭を下げた。

「おれが武田当主になったら、おまえたちを重用してやる。その代わり、働け」

「へい」

四郎の檄に一同が首肯した。

「突撃」

真っ先をきって四郎が走った。

加賀藩江戸上屋敷表門には、左右に六尺棒を持った足軽が立っていた。また、表門の周辺は、振袖《ふりそで》火事の経験を受けて火除《ひよ》け地《ち》として建物が建てられておらず、見通しもよかった。

「おいっ」

「なんだ」

気勢をあげて走ってくる一団に足軽たちは、すぐに気付いた。

「こちらに向かってくるぞ」

「報せを」

足軽たちが、顔を見合わせて動いた。

「注進、注進、胡乱《うろん》なる者ども当家に向かいつつあり」

表門の脇に出ている無双窓《むそうまど》へ足軽が叫んだ。

「なにっ」

無双窓が引き開けられ、門番士が外を確認した。

「先日の怪しげな連中だ。相手をするな、なかへ入れ」

門番頭が足軽二人に撤収を命じた。

表門のなかは、加賀藩の領内と同じ扱いになる。そこでなにがあろうとも、幕府は口出しできない。しかし、表門の外でのことは他人目《ひとめ》が防げず、下手をすれば目付や町奉行所からの問い合わせを受けかねない。

「はっ」

すばやく潜り門が開けられ、足軽二人が門内に引っこんだ。

「馬鹿な……武門が戦わず逃げるだと」

あと少しというところで足軽二人を逃がした太郎があきれた。

「どういうことだ、軍師。門番二人を血祭りにあげ、その勢いで潜り門を破るつもりであったろう」

太郎が山本伊助に嚙《か》みついた。

「……今どきの武家とは、こういうものなのでございましょう」

山本伊助も唖然《あぜん》としていた。

「ですが、このままでは話になりませぬ。予定通り、潜り門を破ってなかへ」

「ああ。岩松」

言われた太郎が、最後尾にいた大男を呼んだ。

「へい」

岩松が掛け矢を担いで、前田家の表門脇潜り門前で掛け矢を振り上げた。

「ここを加賀藩前田家と知っての狼藉《ろうぜき》か。今ならば見逃してくれる。そうそうに立ち去れ」

門番頭が無双窓の隙間《すきま》から制した。

「構わぬ、やれ」

どうしますかと向いた岩松に、太郎が指図した。

「よっしゃああ」

岩松が掛け矢を振り落とした。

「おうっ」

すさまじい音がし、潜り戸が揺れた。しかし、まったく破れなかった。

「もう一度だ」

「承知」

地についた掛け矢をふたたび岩松が持ちあげようとした。

「やっ」

小さな気合いとともに、無双窓から突き出された槍《やり》が、岩松の胸に吸いこまれた。

「ぎゃああ」

痛みに岩松が絶叫、掛け矢が落とされた。

「岩松、ちい。なかからとは卑怯《ひきよう》な」

太郎が無双窓へ怒鳴った。

「胡乱《うろん》な者どもを討つ」

槍が引きこまれ、代わって弓矢の先が出てきた。

「わああ」

鏃《やじり》の光に、肚《きも》の据《す》わっていない配下数人が背を向けて逃げ出した。

「放て」

号令とともに数本の矢が放たれ、逃げ出した配下たちの背中を射貫いた。

「門へ近づけ。逃げるな。弓矢は遠くに効くが、近いと使いにくい。門に張りつけ」

慌てて太郎が指示した。

「一条」

「任されよ」

二十四将の生き残りの一条が太刀を抜いて、無双窓の隙間から弓を撃っている番士を襲った。

「あつっ」

弓を使っていた番士の一人が、手を切られて呻《うめ》いた。

「引けえ」

門番頭が弓衆を下がらせた。

「よし、もう一度掛け矢だ。他の者は、なかからの手出しを防げ」

「おう」

「承知」

ふたたび掛け矢があげられ、潜り門へ打撃が加えられた。

裏門はあっさりと破られた。門番足軽は脇門の場合、出入りする藩士たちを見ているだけで、外からの侵入など考えてもいなかった。

「くたばれ」

「かはっ」

一撃で破壊された裏門に啞然としていた門番足軽は、四郎の一刀を袈裟懸《けさが》けに喰《く》らった。

「おう、目の前は長屋だらけじゃねえか。ここにあの女中がいるはずだ」

ずらっと並んだお貸し小屋に、四郎が歓呼の声をあげた。

加賀藩のお貸し小屋は、脇門側に並ぶものの他に、表御殿を挟んだ向こうにもあるが、そこまで四郎たちには見えていなかった。

「一軒ずつ検《あらた》めろ」

「へい」

一同が散った。

「嫌な気配がしまする」

脇門に近いお貸し小屋のなかでも大きいほうにはいる長屋で佐奈《さな》が騒動に気付いた。

「……怒鳴り声」

今は勤番の刻限で、長屋に主や家士は少なく、非番の者も出かけていたりして、それほどの数はいなかった。

「…………」

佐奈が素早くたすきを掛け、脇差《わきざし》を手にした。続いて簞笥《たんす》から取り出した棒手裏剣《ぼうしゅりけん》を帯の間に差した。

「六本、使ったぶんを補充しておくべきでした」

雪駄《せった》は踏ん張りが効かない。佐奈は足袋裸足《たびはだし》で長屋を出た。

「……きゃああ」

近くの長屋から女の悲鳴が聞こえた。

佐奈が裏から飛びこんだ。

「金を寄こせ」

なかでは無頼が中年の妻女に長脇差を突きつけていた。

「…………」

意識が中年の妻女に向いている無頼の背中から、佐奈が脇差を突き出した。

「ぐえええ」

無頼が鳩尾《みぞおち》から切っ先を生やして絶叫した。

「ひえええええ」

妻女が魂《たま》ぎるような悲鳴を出して気を失った。

「助けたというのに、鬼を見たような顔で見なくとも……」

脇差を抜きながら、佐奈が愚痴《ぐち》を漏《も》らした。

「どこの愚か者でしょう、先日の男のかかわりですか」

佐奈が思いあたる節を口にした。

「となれば、もとはといえば、わたくしから始まったこと。始末は付けねばいけませんし」

すっと佐奈の表情が変わった。

女軒猿の相手をその辺の無頼ができるはずもなく、たちまち無頼たちの四人が倒された。

「くそっ、女だあああ」

四人目が最後の力を振り絞って、佐奈のことを叫んだ。

「よし、他の者は手出しするなよ」

非番の加賀藩士と斬り結んでいた四郎が喜んだ。

「遊ぶのもこれまでだ。つきあってもらって悪かったな」

四郎が大きく踏みこんで加賀藩士を斬った。

「がはっ」

首筋を裂かれた加賀藩士が絶命した。

「どけ、どけ。邪魔する奴は殺すぞ」

興奮した四郎が佐奈のもとへと走った。

「わたくしを探していたようですね」

佐奈は、討ち取った無頼の最後のあがきから読み取った。

「まだまだ闘争の響きは衰えてませぬ。ここであの男の相手をするのはどうなのでしょう」

軒猿は指揮判断をする立場ではない。言われたことを黙々と果たすのが忍《しのび》の役目であり、全体を考えることは求められていなかった。

「待ち伏せするには、長屋のうちが都合よい」

佐奈は家人がいなくなったこの長屋で戦うと決めた。

「手裏剣の残りは四本……」

そのうちの一本を佐奈は右手に握りこんだ。

「初撃で決める」

佐奈は背後から襲われることのないよう、長屋の床の間を背にした。

「どこだあ、ここかあ」

恋い焦がれた女を探す以上の情熱で四郎が長屋の障子を蹴り破って入ってきた。

「いた」

四郎が長屋奥に立っている佐奈を見つけた。

「やはり、あなたでありましたか」

佐奈がため息を吐《つ》いた。

「先日の続き、楽しみにしていた」

血塗《ちぬ》られた太刀を四郎が肩に担いだ。

「当家の者を殺《あや》めましたね」

冷たい声で佐奈が指摘した。

「女は殺してはいないぞ。男は何人か斬った。武士は戦うのが仕事だろう」

四郎が笑った。

「この泰平の世に、なにを考えているのやら」

佐奈があきれた。

「江戸の闇を手にするために、武は要る。その証《あかし》代わりとして、百万石なら十分だ」

前田家を襲った理由を四郎が語った。

「そちらの勝手な理屈で……」

軽く垂らしていた右の手首だけで佐奈が手裏剣を投げた。

「……おっと」

肩に担いでいた太刀で、四郎がかろうじて防いだ。

「しゃっ」

手裏剣を投じると同時に、突っこんだ佐奈が、左手に握っていた脇差を薙《な》いだ。

「くそっ」

手裏剣を弾いたため、太刀は横に流れており、迎撃に間に合わない。四郎は背後に身を投じてなんとか避けた。

「こいつっ」

四郎が大急ぎで起きようとしたが、佐奈はそれを許さなかった。

「ふっ」

帯から抜いた手裏剣を放った。

「間に合わん」

刀での受けも、身体《からだ》をかわす余裕もないと悟った四郎が、左手を突き出した。

「ぐっ」

左掌を手裏剣に貫かれて、四郎が呻《うめ》いた。

「見事」

褒《ほ》めながら、佐奈は残った手裏剣を惜しげもなく投じた。首から上を狙えば、致命傷を与えられるが、目標は小さいうえに動く。佐奈は大きく動きようのない腹へ手裏剣を叩きこんだ。

「がはっ。ぐっ」

すでに防ぐ手段はない。四郎は二本の手裏剣を腹に受けた。

「忍は、強いな」

四郎が感心した。

「この間、無理でも口説《くど》いておくべきだった。おまえがいれば、まちがいなく吾が江戸の夜を握れた」

「前も申したであろう。わたくしの操はすでに捧げていると」

油断なく脇差を構えながら佐奈が応じた。

「やっぱり駄目か。これまでだなあ」

四郎が慨嘆した。

「止《と》めをくれ。痛くてたまらん」

「死んでもらっては困る。残っている配下を連れて帰れ」

佐奈が要求した。四郎は倒したが、まだあちこちで悲鳴と破壊音が聞こえている。そのすべてを片付けるのはあまりに手間であった。

「……わかった。負けた者は勝った者の言うとおりにすべきだな。ぐっ」

素直にうなずいた四郎が、刺さった手裏剣を抜いて立ちあがった。

「気を付けろ。闇はしつこい」

背を向けた四郎が佐奈に忠告した。

「安心していい。忍はそれ以上にしつこい。武田法玄に伝えよ。近いうちに前田の忍が参上すると」

「勝てねえな」

佐奈の返しに、四郎が苦笑した。

「手裏剣を返せ。それは高い」

「容赦《ようしゃ》ねえ」

あきれながら、四郎が手裏剣を抜いた。

「一本もらっていいか」

「……一本だけだ」

四郎の求めに佐奈が応じた。

四

前田家上屋敷の西南、本郷三丁目の角は、表門も脇門も見渡せる。退き鉦を預けられた典厩は托鉢僧《たくはつそう》の体裁を取りながら状況を見ていた。

「表門はまだか。そろそろ近隣が騒ぎに気づくというに、なにをしている」

典厩が舌打ちをした。

「脇は見事に打ち破った。あとは火の煙があがれば……」

退き鉦の撞木《しゆもく》を典厩が握り直した。

「……なんだ、脇から者どもが逃げ出してくる。煙はまだ上がっていないぞ。あの両脇を抱えられているのは四郎ではないか。四郎がやられた……武田随一の武を誇る四郎が……」

典厩が唖然とした。

「いかん、表は破れず、脇は撤退。ここに町奉行所の役人どもが来たら、武田党は壊滅じゃ」

顔色を変えた典厩が退き鉦を叩いた。

澄んだ音があたりに広がっていく。

「……退き鉦の響き」

気づいたのは山本伊助であった。

「表門に油をかけよ。火を付けてくれる」

亀のように籠《こ》もりながらもときおり反撃してくる前田家の門番衆に、打つ手をなくした太郎が辛抱しきれなくなった。

「それがなくなれば、御殿を焼くことができなくなりますぞ」

太刀を構え、無双窓のなかの門番士とときおり刃《やいば》を交わしていた一条が忠告した。

「なかに入れず、表御殿もなにもあったものではなかろう」

「たしかに」

太郎の反論に一条が納得した。

「御殿に火をかけるだと」

門番頭がその遣り取りに絶句した。

「誰か組頭さまへ報せを」

組頭は前田家の武を預かる。江戸上屋敷数百の番士のすべてを統括する組頭への報告を門番頭が決断した。

「よろしゅうございますので。このていどの輩《やから》、我らだけで対処できますが」

門番士の一人が、述べた。

「御殿を焼くと申しておるのだ。儂のことなどどうでもよいわ」

門番は最初に敵と戦う。先陣における先手と同じで、身分は低くとも武に優れた者が任じられた。

その門番頭がたかが十人ほどの無頼を相手に増援を求める。確実に、事後責任問題となる。その覚悟を門番頭は固めていた。

「はっ、ただちに」

門番士が一人走って行った。

すでに表御殿は脇門からの襲撃を知って、混乱していた。

「どうなっている」

「物見を出せ」

「報告をせんかあ」

表御殿の組頭詰め所は混乱の極みにあった。

「ええい、落ち着け」

表御殿奥にある家老執務部屋にいては、状況がわからない。組頭詰め所まで来た村井が、その喧噪《けんそう》ぶりに怒った。

「ご家老さま」

組頭たちがあわてて姿勢を正した。

「なにがあった」

「詳細はまだわかりませぬ。表門と脇門から何者かの襲撃を受けましてございまする」

組頭の一人が現状判明していることを語った。

「番士たちはなにをしている」

「脇門が破られ、お貸し小屋に敵が入りこみましたので、そちらへ向かわせましてございまする」

「表門は」

「破られておりませぬゆえ、門番どもに任せておりまする」

そこへ門番士が駆けこんできた。

「ご増援をいただきますようお願い申しあげまする」

門番士が援軍を求めた。

「なんだと。門番どもでどうにかできぬのか。こちらは脇門から入った敵の相手だけで手一杯である」

組頭が怒鳴りつけた。

「敵、表門に油をかけ、火を付けようといたしております」

門番士が告げた。

「表門屋根上には、水桶《みずおけ》があろう。火など消せばいい」

いらだちを組頭が見せた。

「わかっておるのか。脇門から入った者は、すでに当家の者を害している。それらを駆逐することこそ、緊急なのだ」

「…………」

同藩の者が殺されたと聞かされた門番士が黙った。

「わかったならば、持ち場へ……」

「馬鹿者が。表門こそ、前田家の顔であるぞ。その門に焼け焦げでもつけられてみよ、当家の名前は地に落ちるわ。ただちに番士を行かせ、敵を排除いたせ」

組頭を抑えて、村井が叱《しか》りつけた。

「た、ただいま」

組頭が立ち上がった。

太郎に命じられた配下が、背負っていた油壺《あぶらつぼ》を下ろした。

「お待ちを、退き鉦が聞こえております」

山本伊助が太郎を制した。

「なんだと……」

興奮していた太郎が耳をそばだてた。

「たしかに、退き鉦。くそっ。脇門の四郎がことを果たしたか」

表門に近づきすぎているため、太郎たちに屋敷のなかから火の手があがっている、あるいは煙が出ているなどが確認できなかった。

「ただちに撤収をいたしませぬと」

山本伊助が勧めた。

「馬鹿を言うな。四郎が手柄を立てたのに、吾は何一つどころか、屋敷のなかに入ることもできず、そのうえ配下を四名も失った。このままなにもせずに帰ってみろ、お館さまのお怒りを受けるぞ。もちろん、そなたもだ。軍師としての責任を問われよう」

「それは……」

武田法玄は酷薄であった。いや、酷薄でなければ、江戸で闇の縄張りを持つことなどできない。さすがに一度や二度の失敗で殺すことはないが、山本伊助はすでに二度失態を晒《さら》している。次はないと考えるべきであった。

「少なくとも表門くらいは焼かぬとなるまいが」

「ま、まさに」

太郎の言いぶんを山本伊助が受け入れた。

「おい、急がぬか」

どうすべきかと迷っていた油壺担当の配下に、太郎が命じた。

「へ、へい」

油壺を抱え直した配下が、加賀藩上屋敷の表門へ油をかけ始めた。

「火種は誰だ」

続いて太郎が指示した。

火というのは、そう簡単に熾《おこ》せるものではない。一から火を熾すとなると、木と木をこすり合わせて熱を発し、そこへ綿や袂《たもと》くそなどをくべて息をかけ、火にしていく。手慣れたものでも、ちょっとした手間になる。放火のときに、このようなまねをするわけにはいかない。あらかじめ火を付けた火縄あるいは、火種を煙草入《たばこい》れや、小さな壺などに入れて携帯していた。

「あっ」

訊かれた配下が気づいた。

「弥次郎《やじろう》が火種を預かってやした」

「どこだ、弥次郎は」

「あそこで。矢で射られて……」

問われた配下が、少し離れたところで絶命している男を指さした。

「取ってこい」

「そんなあ」

言われた配下が逃げ腰になった。

今は門の側に張り付いているため、弓矢で狙われずにすんでいる。それが弥次郎のもとまでいくとなれば、弓矢を喰《く》らう怖れがあった。

「文句を言うな。さっさと行け。援護はしてやる。一条、弓を牽制《けんせい》しろ」

「任せられよ」

　太郎の指示に一条が首肯した。

「……お願いしやすよ、一条の旦那」

　配下が必死の形相《ぎょうそう》で頼んだ。

「行け」

　一条が無双窓の前で太刀を振り回した。

「ままよ」

　配下が走った。

「……表門を守る。打って出るぞ」

　門内に増援が着いた。

「しかし、潜り門では、一気に出られませぬ」

　潜り門は狭く、そのうえ、腰を屈《かが》めなければ通れない。数の優位はもちろん使えないし、どれほどの名人でも待ち伏せされては勝てなかった。

　門番頭が危惧《きぐ》した。

「表門を開けよ。なにがあっても表門に傷一つ許さぬ」

　組頭の後に付いてきていた村井が指示した。

「表門を……」

門番頭が絶句した。

表門は藩主、一門、同格の大名、将軍とその代理、格別な恩恵を受けた家臣の通行でなければ開かれない。それを村井は破った。

「前田の武名を高めるためじゃ。責は儂が負う」

動きの止まった門番頭を村井が鼓舞した。

「し、承知。一同、門番の名に恥じるな」

責任を負うと断言した村井に、門番頭が感銘を受けた。

「開けよ、一人も逃がすな」

「おおう」

ずっと我慢していた門番士が気合いの声をあげた。

「まずいな」

一条がその気合いに苦く頰《ほお》を引きつらせた。

江戸の闇、その一部でしかない武田の幹部とはいえ、ここまで生き残ってのし上がってきたのは、剣の腕と度胸もさることながら、なによりも危険を察知する能力に長《た》けていたからであった。

「太郎さま、ここは一度退くべきでござる」

一条が進言した。

「黙れ、門を焼くのだ」

「火種でございまする」

聞く耳持たぬと拒否した太郎のもとに配下が火種の入った煙草入れを届けた。

「付けろ」

「へい」

配下が近づいたところで、なかから表門が開かれた。

「えっ……」

開くとは思ってもいなかったのか、火種を持った配下が間の抜けた顔で止まった。

「討ち果たせ」

江戸家老村井の意気に感じた門番頭が真っ先を切って飛び出し、その勢いのまま火種を持っていた配下を両断した。

「…………」

声もなく配下が崩れた。

「ひっ」

「馬鹿な……出てくるなど」

別の配下が悲鳴をあげ、太郎が驚いた。

「わああ」

門番頭に続いて、門番士と増援の番士が出撃した。

「やばいっ」

「まずいぞ」

山本伊助と一条が顔色をなくした。

「太郎さま、一度……」

「そんな暇あるか。今、逃げなきゃ終わるぞ」

太郎を助けようとした山本伊助を一条がたしなめた。

「幸い、藩士が出たおかげで、同士討ちするかも知れない弓矢は遣えねえ。おいらは御免蒙《ごめんこうむ》るぞ」

一条が山本伊助を促した。

「お館さまのお怒りが……」

「江戸を売るさ。なにも江戸にだけ闇があるわけじゃねえからな。じゃあな」

武田法玄を裏切ることになると怖れた山本伊助を残して、一条が背を向けた。

「ま、待ってくれ。おいらも」

その後を山本伊助が追った。

「いかん、こちらまで巻きこまれる。撤収じゃ」

本郷三丁目の角で逃げて来た四郎たちとまとまって表門を見ていた典厩が、加賀藩の反撃に震えあがった。

「ああ」

四郎も同意し、典厩たちは太郎たちを見捨てた。

「わあああああ」

その背中に太郎の絶叫が届いた。

武芸に優れた番士たちを相手にするには、無頼ではどうしようもない。奮戦することもなく、太郎たち表門を攻撃していた連中は全滅した。

「ご苦労であった」

やはり表門を出て、戦闘を見守っていた村井が、一同をねぎらった。

「大瀬《おおせ》」

村井が背後に控えていた藩士に声をかけた。

「町奉行さまのもとへ行き、当家に無体を働いた者どもを討ち果たしましたゆえ、ご検分をと伝えて参れ」

「町奉行さまでよろしゅうございますか」

武家にかんすることは、評定所を経由するのが慣例であった。

「目付に出て来られてはまずい。なんとしてでも無頼の無体で終わらせたい」

村井が大瀬と呼んだ藩士に意図を伝えた。

「承《うけたまわ》りましてございまする。ただちに」

その場から大瀬が月番である南町奉行所へ向かった。

「足軽継《あしがるつぎ》を家老執務室へ来させろ。殿へ顚末《てんまつ》を記した書状を送る」

「怪我した者の手当と死した者の葬儀を手配いたせ。表向きは病死といたし、家督はつつがなく継げるように殿へお願いする」

「普請方に脇門と荒らされた長屋の修復を急がせろ」

続けざまに村井が指示を出した。

「殿のおられぬときに面倒とは……」

村井が嘆息した。

「……留守居役の六郷《ろくごう》をただちに吾がもとへ。南町奉行所役人の接待を手配させる。金に糸目は付けぬとな」

村井が表御殿へと歩みを進めた。

本堂で待っていた武田法玄の前に、ぼろぼろになった四郎以下十名足らずの配下が姿を見せた。

「どうした」

武田法玄が腰を浮かせた。

「お館さま……」

退き鉦を持ったままで典厩が説明した。

「加賀藩が撃って出て……表門は全滅」

状況説明に武田法玄が愕然《がくぜん》とした。

「太郎は……」

「討ち死になされたよし」

典厩が絶叫を聞いたと告げた。

「四郎、そなたはどうだ。女はどうなった」

「脇門は破って、何人かの加賀藩士を仕留めたが、女には勝てなかった。この有様だ、親爺どの」

入って来るなり横になった四郎が、傷を見せた。

「そなたが勝てぬとは……」

「親爺どのよ、もう女のことは忘れるべきだ。加賀への手出しもあきらめなければ……」

「黙れ。やられたままで引っこんでは、この武田法玄の名が廃《すた》るわ。闇では弱いと侮られた瞬間に、やられるのだぞ」

武田法玄が大声で拒絶した。

「一門、配下が全滅してもか」

「そうだ。武田党はなにがあっても復讐するという評判こそ、身を守る鎧《よろい》である」

確認した四郎に、武田法玄がうなずいた。

「……そうか」

四郎が一瞬瞑目《めいもく》した。

「……やっ」

隠し持っていた手裏剣を四郎が武田法玄へ投げた。

「……ぐっ」

武田法玄の胸を手裏剣が貫いた。

「四郎……なにをっ」

典厩が息を呑んだ。

「全滅して名前だけ残してどうする。戦国の武田のまねをそこまでせずともよかろうが」

四郎が吐き捨てた。

「二十四将はほぼ壊滅、配下も逃げ出すだろうし、縄張りも多くを失うだろう。しかし、まだここに居る連中くらいならば養っていけるだけのものはある」

無駄死にをすべきではないと四郎は断じた。

「なにより、闇だぞ、我らは。名前を重くしてどうする。世間に知られず、密かにうまい汁を吸うのが本来だ。そうではないか、叔父御」

四郎が典厩に同意を求めた。

「…………」

それ以上の非難をせず、典厩が無言で応じた。

綱紀の命《めい》を受けた詰問使が、金沢城を出発した。正使、副使、警固の藩士を合わせて八人が騎乗で福井へと駆けた。拙速《せっそく》を尊《たっと》ぶべしと中間《ちゅうげん》、小者などを連れていない一行は、その目的もあって緊迫した表情であった。

「吾が娘はいつ出しましょう」

本多政長が問うた。

「詰問使ではないのだ。姫行列としての状況を守るようにせねばなるまい。福井まで三日はかかろう。あまり待たせると琴がなにをしでかすかわからん。明日でよかろう」

綱紀が許可を出した。

「瀬能は、国元へ戻してよろしゅうございますか」

救出した後のことを本多政長が問うた。

「越前松平の領地を出るまで、行列から離せまい。まちがいなく見張られているだろう。瀬能と加賀藩筆頭家老である爺の娘琴との縁談は知られていると考えなければなるまい。その琴がわざわざ行列を仕立てて、福井の城下に来るのだ」

「はい」

本多政長も同意した。

「瀬能は、そのまま京へ行かせよ」

「京屋敷へ入れまするか」

加賀藩前田家は木屋町《きやまち》通り御池《おいけ》角に京御用屋敷を設けていた。

「ああ、参勤留守居役としてなかなかの冴《さ》えを見せた。越前松平への使者は失敗したが、瀬能のせいではない。左近衛権少将がおかしいのだ、あれはな。まあ、今のうちにわかってよかったわ。次の参勤で出府したとき、江戸城内で刺されていたかも知れぬのだからな」

「怪我の功名で、瀬能の手柄ではございませぬ」

主君の評価を本多政長が甘いと否定した。

「あいかわらず、身内に厳しいの」

綱紀が苦笑した。

「とりあえず、瀬能は使える。いささか、どちらに話が転ぶかわからぬところが不安だがの」

「それが問題でございまする。留守居役は、こちらの考えたところに落としどころを持って行くのが役目」

本多政長が数馬をまだまだだと評した。

「若いのだ。それぐらい手助けしてやれ」

綱紀があきれをふくんだ口調で本多政長を宥《なだ》めた。

「ということでな、瀬能をもう少し鍛えたい。それには世間を見せるに如《し》かず」

「ご意見には同意いたしまするが、どうなさるおつもりでございましょう」

綱紀の言葉を本多政長が肯定し、その手法を問うた。

「公家という人種を見させる。公家ほど得体の知れぬ相手はないからな」

「……また無茶を」

本多政長がため息を吐いた。

「二十年だ」

指を二本綱紀が立てた。

「二十年先に、瀬能を江戸家老にする」

「村井どのは……」

本多政長が尋ねた。

「村井は人持ち組頭に引きあげ、横山玄位《はるたか》と比肩させる。その後《あと》を瀬能に預け、江戸を任せるつもりだ」

幕府に近い人持ち組頭の横山玄位を抑えるために村井を万石の人持ち組頭とし、実際の政務は数馬にさせたいと綱紀が述べた。

「対幕府を村井どのに、対江戸の世間を瀬能にとお考えか」

「うむ。二十年では短いが、それくらいこなせぬようでは困る。上様が代わられた今、前田家はかつてない危機に見舞われようとしている。のんびりと代を重ねて人を育てていくという余裕はない」

綱紀が表情を引き締めた。

「本多の血には無理をさせる。娘婿をすりつぶすことになるかも知れぬ。これも加賀のためじゃ。堪忍してくれ、爺」

じっと綱紀が本多政長の目を見つめた。

「そろそろ隠居して、息子に家を譲り、娘が産むであろう孫の相手をして余生を楽しむつもりでおりましたが……」

本多政長が小さく息を吐いた。

「殿のお心うち、しかと承りましてございまする」

背筋を一度伸ばして、本多政長が頭を下げた。

「忖度《そんたく》は許さぬぞ。勝手なことをし、己《おのれ》一人腹切ればすむなど、余は認めぬ」

自己を犠牲にして、ことを収めるようなまねをするなと綱紀が釘を刺した。

「…………」

本多政長はそれに答えず、平伏を続けた。

本書は文庫書下ろし作品です。

|著者| 上田秀人　1959年大阪府生まれ。大阪歯科大学卒。'97年小説CLUB新人賞佳作。歴史知識に裏打ちされた骨太の作風で注目を集める。講談社文庫の「奥右筆秘帳」シリーズは、「この時代小説がすごい！」（宝島社刊）で、2009年版、2014年版と二度にわたり文庫シリーズ第一位に輝き、第３回歴史時代作家クラブ賞シリーズ賞も受賞。「百万石の留守居役」は初めて外様の藩を舞台にした新シリーズ。このほか「禁裏付雅帳」（徳間文庫）、「聡四郎巡検譚」（光文社文庫）、「闕所物奉行 裏帳合」（中公文庫）、「表御番医師診療禄」（角川文庫）、「町奉行内与力奮闘記」（幻冬舎時代小説文庫）、「日雇い浪人生活録」（ハルキ文庫）などのシリーズがある。歴史小説にも取り組み、『孤闘　立花宗茂』（中公文庫）で第16回中山義秀文学賞を受賞、『竜は動かず　奥羽越列藩同盟顛末』（講談社文庫）も話題に。総部数は1000万部を突破。
上田秀人公式HP「如流水の庵」 http://www.ueda-hideto.jp/

忖度《そんたく》　百万石《ひゃくまんごく》の留守居役《るすいやく》(十)

上田秀人《うえだひでと》

2017年12月15日第１刷発行
2021年10月８日第３刷発行

発行者――鈴木章一
発行所――株式会社　講談社
東京都文京区音羽2-12-21　〒112-8001
電話　出版（03）5395-3510
　　　販売（03）5395-5817
　　　業務（03）5395-3615

Printed in Japan

講談社文庫
定価はカバーに表示してあります

KODANSHA

デザイン―菊地信義
本文データ制作―講談社デジタル製作
印刷―――豊国印刷株式会社
製本―――株式会社国宝社

ISBN978-4-06-293820-4

講談社文庫刊行の辞

二十一世紀の到来を目睫に望みながら、われわれはいま、人類史上かつて例を見ない巨大な転換期をむかえようとしている。

世界も、日本も、激動の予兆に対する期待とおののきを内に蔵して、未知の時代に歩み入ろうとしている。このときにあたり、創業の人野間清治の「ナショナル・エデュケイター」への志を現代に甦らせようと意図して、われわれはここに古今の文芸作品はいうまでもなく、ひろく人文・社会・自然の諸科学から東西の名著を網羅する、新しい綜合文庫の発刊を決意した。

激動の転換期はまた断絶の時代である。われわれは戦後二十五年間の出版文化のありかたへの深い反省をこめて、この断絶の時代にあえて人間的な持続を求めようとする。いたずらに浮薄な商業主義のあだ花を追い求めることなく、長期にわたって良書に生命をあたえようとつとめるところにしか、今後の出版文化の真の繁栄はあり得ないと信じるからである。

同時にわれわれはこの綜合文庫の刊行を通じて、人文・社会・自然の諸科学が、結局人間の学にほかならないことを立証しようと願っている。かつて知識とは、「汝自身を知る」ことにつきていた。現代社会の瑣末な情報の氾濫のなかから、力強い知識の源泉を掘り起し、技術文明のただなかに、生きた人間の姿を復活させること。それこそわれわれの切なる希求である。

われわれは権威に盲従せず、俗流に媚びることなく、渾然一体となって日本の「草の根」をかたちづくる若く新しい世代の人々に、心をこめてこの新しい綜合文庫をおくり届けたい。それは知識の泉であるとともに感受性のふるさとであり、もっとも有機的に組織され、社会に開かれた万人のための大学をめざしている。大方の支援と協力を衷心より切望してやまない。

一九七一年七月

野間省一

〈既刊紹介〉

上田秀人作品◆講談社

百万石の留守居役《るすいやく》シリーズ

老練さが何より要求される藩の外交官に、若き数馬が挑む！

外様第一の加賀《かが》藩。旗本から加賀藩士となった祖父をもつ瀬能数馬《せのうかずま》は、城下で襲われた重臣前田直作《まえだなおなり》を救い、五万石の筆頭家老本多政長《ほんだまさなが》の娘、琴《こと》に気に入られ、その運命が動きだす。江戸で数馬を待ち受けていたのは、留守居役《るすいやく》という新たな役目。藩の命運が双肩にかかる交渉役には人脈と経験が肝心。剣の腕以外、何もない若者に、きびしい試練は続く！

第一巻『波乱』2013年11月　講談社文庫

上田秀人作品◆講談社

第一巻『波乱』
2013年11月
講談社文庫

第二巻『思惑』
2013年12月
講談社文庫

第三巻『新参』
2014年6月
講談社文庫

第四巻『遺臣』
2014年12月
講談社文庫

第五巻『密約』
2015年6月
講談社文庫

第六巻『使者』
2015年12月
講談社文庫

第七巻『貸借』
2016年6月
講談社文庫

第八巻『参勤』
2016年12月
講談社文庫

第九巻『因果』
2017年6月
講談社文庫

第十巻『忖度』
2017年12月
講談社文庫

第十一巻『騒動』
2018年6月
講談社文庫

第十二巻『分断』
2018年12月
講談社文庫

第十三巻『舌戦』
2019年6月
講談社文庫

第十四巻『愚劣』
2019年12月
講談社文庫

第十五巻『布石』
2020年6月
講談社文庫

第十六巻『乱麻』
2020年12月
講談社文庫

第十七巻『要訣』
2021年6月
講談社文庫

〈全十七巻完結〉

上田秀人作品◆講談社

奥《おく》右《ゆう》筆《ひつ》秘帳 シリーズ

「筆」の力と「剣」の力で、幕政の闇に立ち向かう圧倒的人気シリーズ！

江戸城の書類作成にかかわる奥右筆組頭《おくゆうひつくみがしら》の立花併右衛門《たちばなへいえもん》は、幕政の闇にふれる。帰路、命を狙われた併右衛門は隣家の次男、柊衛悟《ひいらぎえいご》を護衛役に雇う。松平定信《まつだいらさだのぶ》、将軍家斉《いえなり》の父・一橋治済《ひとつばしはるさだ》の権をめぐる争い、甲賀《こうが》、伊賀《いが》、お庭番の暗闘に、併右衛門と衛悟は巻き込まれていく。「この時代小説がすごい！」（宝島社刊）でも二度にわたり第一位を獲得したシリーズ！

第一巻『密封』2007年9月 講談社文庫

上田秀人作品◆講談社

第一巻
『密封』
2007年9月
講談社文庫

第二巻
『国禁《こっきん》』
2008年5月
講談社文庫

第三巻
『侵蝕《しんしょく》』
2008年12月
講談社文庫

第四巻
『継承』
2009年6月
講談社文庫

第五巻
『簒奪《さんだつ》』
2009年12月
講談社文庫

第六巻
『秘闘』
2010年6月
講談社文庫

第七巻
『隠密』
2010年12月
講談社文庫

第八巻
『刃傷』
2011年6月
講談社文庫

第九巻
『召抱《めしかかえ》』
2011年12月
講談社文庫

第十巻
『墨痕《ぼっこん》』
2012年6月
講談社文庫

第十一巻
『天下』
2012年12月
講談社文庫

第十二巻
『決戦』
2013年6月
講談社文庫

〈全十二巻完結〉

前夜 奥右筆外伝

併右衛門、衛悟、瑞紀《みずき》をはじめ宿敵となる冥府防人《めいふさきもり》らそれぞれの「前夜」を描く上田作品初の外伝！

2016年4月
講談社文庫

上田秀人作品◆講談社

天主信長

〈表〉我こそ天下なり
〈裏〉天を望むなかれ

本能寺と安土城、戦国最大の謎に二つの大胆仮説で挑む。

信長の死体はなぜ本能寺《ほんのうじ》から消えたのか？　安土《あづち》に築いた豪壮な天守閣の狙いとは？
信長の遺《のこ》した謎に、敢然と挑む。文庫化にあたり、別案を〈裏〉として書き下ろす。
信長編の〈表〉と黒田官兵衛編の〈裏〉で、二倍面白い上田歴史小説！

〈表〉我こそ天下なり
2010年8月　講談社単行本
2013年8月　講談社文庫

〈裏〉天を望むなかれ
2013年8月　講談社文庫

上田秀人作品◆講談社

竜は動かず

奥羽越列藩同盟顛末

〈上〉万里波濤編
〈下〉帰郷奔走編

世界を知った男、玉虫左太夫は、奥州を一つにできるか？

仙台の下級藩士の出ながら、江戸で学問を志した玉虫左太夫に上田秀人が光を当てる！勝海舟、坂本龍馬と知り合い、遣米使節団の一行として、世界をその目に焼きつける。郷里仙台では、倒幕軍が迫っていた。この国の明日のため、左太夫にできることとは？

〈上〉万里波濤編
2016年12月　講談社単行本
2019年５月　講談社文庫

〈下〉帰郷奔走編
2016年12月　講談社単行本
2019年５月　講談社文庫

講談社文庫　目録

乙武洋匡　五体不満足〈完全版〉
大崎善生　聖《さとし》の青春
大崎善生　将棋の子
小川恭一　江戸の旗本事典〈歴史・時代小説ファン必携〉
奥泉　光　プラトン学園
奥泉　光　シューマンの指
奥泉　光　ビビビ・ビ・バップ
折原みと　制服のころ、君に恋した。
折原みと　時《とき》の輝き
折原みと　幸福のパズル
大城立裕　小説　琉球処分(上)(下)
太田尚樹　満州裏史〈甘粕正彦と岸信介が背負ったもの〉
太田尚樹　世紀の愚行〈太平洋戦争・日米開戦前夜〉
大島真寿実　ふじこさん
大泉康雄　あさま山荘銃撃戦の深層(上)(下)
大山淳子　猫弁〈天才百瀬とやっかいな依頼人たち〉
大山淳子　猫弁と透明人間
大山淳子　猫弁と指輪物語
大山淳子　猫弁と少女探偵
大山淳子　猫弁と魔女裁判
大山淳子　雪猫
大山淳子　イーヨくんの結婚生活
大山淳子　光二郎分解日記〈相棒は浪人生〉
大倉崇裕　小鳥を愛した容疑者
大倉崇裕　蜂に魅《ひ》かれた容疑者〈警視庁いきもの係〉
大倉崇裕　ペンギンを愛した容疑者〈警視庁いきもの係〉
大倉崇裕　クジャクを愛した容疑者〈警視庁いきもの係〉
大鹿靖明　メルトダウン〈ドキュメント福島第一原発事故〉
荻原　浩　砂の王国(上)(下)
荻原　浩　家族写真
小野正嗣　九年前の祈り
大友信彦　釜石の夢〈被災地でワールドカップを〉
大友信彦　オールブラックスが強い理由〈世界最強チーム勝利のメソッド〉
乙　一　銃とチョコレート
織守《おりがみ》きょうや　霊感検定
織守きょうや　霊感検定〈心霊アイドルの憂鬱〉
織守きょうや　霊感検定〈春にして君を離れ〉
織守きょうや　少女は鳥籠《とりかご》で眠らない
岡本哲志《さとし》　銀座を歩く〈四百年の歴史体験〉
おーなり由子　きれいな色とことば
岡崎琢磨　病弱探偵〈謎は彼女の特効薬〉
小野寺史宜《ふみのり》　その愛の程度
小野寺史宜　近いはずの人
小野寺史宜　それ自体が奇跡
大崎　梢　横濱エトランゼ
太田哲雄　アマゾンの料理人〈世界一の美味しいを探して僕が行き着いた場所〉
小竹正人　空に住む
岡本さとる　駕籠屋《かごや》春秋　新三《しんざ》と太十《たじゅう》
岡本さとる　質屋の娘〈駕籠屋春秋　新三と太十〉
岡崎大五　食べるぞ！世界の地元メシ
海音寺潮五郎　新装版　江戸城大奥列伝
海音寺潮五郎　新装版　孫子(上)(下)
海音寺潮五郎　新装版　赤穂義士
加賀乙彦　新装版　高山右近
加賀乙彦　ザビエルとその弟子
加賀乙彦　殉教者
柏葉幸子　ミラクル・ファミリー

2021年6月15日現在